로크미디어가
유혹하는
재미있는 세상

다시 사는 재벌가 망나니 8

2021년 7월 19일 초판 1쇄 인쇄
2021년 7월 22일 초판 1쇄 발행

지은이 맹물사탕
발행인 김정수 강준규

기획 이기헌 왕소현 박경무 강민구
책임편집 김홍식
마케팅지원 배진경 임혜솔 송지유 이영선

발행처 (주)로크미디어
출판등록 2003년 3월 24일
주소 서울시 마포구 성암로 330 DMC첨단산업센터 318호
Tel (02)3273-5135 **편집** (070)7860-2726 **Fax** (02)3273-5134
홈페이지 rokmedia.com **E-mail** rokmedia@empas.com

ⓒ 맹물사탕, 2021

값 8,000원

ISBN 979-11-354-6476-8 (8권)
ISBN 979-11-354-9456-7 04810 (세트)

이 책의 모든 내용에 대한 편집권은 저자와의 계약에 의해
(주)로크미디어에 있으므로 무단 복제, 수정, 배포 행위를 금합니다.

작가와의 협의에 의해 인지는 생략합니다.
잘못된 책은 구입처에서 바꾸어 드립니다.

다시 사는 재벌가 망나니

맹물사탕 현대 판타지 장편소설

8

ROK
MEDIA

로크미디어

Contents

1장

우리는 차로 이동해 강남 외곽에 자리 잡은 시저스 분점 앞에서 내렸다.

"저, 사장님. 여기는…….."

전예은은 어리둥절해하며 나를 보았고, 나는 가볍게 고개를 끄덕였다.

"겸사겸사 저녁이라도 먹을까 해서요."

"……네."

이진영과 허상윤 둘이서 총괄을 맡기로 한 시저스 2호점은 오픈을 앞두고 제법 분주한 모습을 보였다.

강남이라곤 해도 외곽에 자리 잡은 덕분에 전용 주차장을 확보하기도 쉬웠고, 근방은 아직 이렇다 할 발전이 이루어지지 않은 덕에 부동산을 구하기도 어렵지 않았다.

2호점의 공동대표인 이진영이 삼광물산 사람이어서 그랬는지, 어렵지 않게 전면 개, 보수를 마친 건물은 보기에도 번듯해 가족 단위 고객을 유치하기에도 안성맞춤이었다.

시저스 2호점은 제니퍼의 취향이 듬뿍 묻어났던 로마풍 인테리어가 아닌, 지중해풍의 인테리어로 꾸며 둔 모습이었다.

'사실 이 정도가 그나마 상식적이지. 시저스 본점의 인테리어는 너무 파격적이었어.'

거기에 더해 빌딩 내 지하에 자리 잡고 있는 본점과 달리 독립된 건물인 2호점은 외장에도 지중해풍 인테리어의 흔적을 아로새길 수 있었고, 그 덕에 어디 교외 관광지에나 들어설 수 있을 법한 외장 인테리어가 가능했다.

전예은은 가만히 서서 멍하니 건물을 올려다보았다.

"멋져요."

"그렇습니까?"

"네? 아, 네. 사장님 취향은 아니신가요?"

나는 대답 대신 어깨를 으쓱였다.

'내 기준으론 이것도 조금 번잡스럽지만.'

이런저런 취향을 떠나 나로선 이렇게 꾸며 두면 나중에 팔아 치우기도 힘들 텐데, 하는 생각이 들었을 뿐이다.

"뭐, 일단 들어가시죠."

"네."

문을 밀고 들어서자 딸랑 하는 방울 소리가 맑게 울렸다.

내부는 외견과 마찬가지로 지중해풍 인테리어를 이어받았는데, 본점의 겉멋만 잔뜩 든 쓸데없는 기둥 양식이 아닌 하얗게 칠한 아치형 기둥이 공간과 공간 사이를 자연스럽게 나누며 한가운데 시저스의 상징인 샐러드 뷔페가 들어올 자리를 널찍하게 남겨 두고 있었다.

오픈 전이어서 그런지 텅텅 빈 실내와는 별개로, 개방형 주방 안쪽은 제법 분주해 보였다.

그런 와중 익숙한 얼굴이 멀찍이서 다가와 우리를 반겼다.

"어머, 사장님. 어서 오세요."

제니퍼며 오성환과 더불어, 시저스의 창립 때부터 우리와 함께해 온 웨이트리스 겸 총무 신은수였다.

"네, 안녕하세요. 은수 누나. 제법 바빠 보이네요?"

내가 미소 띤 얼굴로 던진 말에 신은수는 볼을 붉적였다.

"헤헤, 오픈 직전이니까요."

그녀는 2호점 오픈에 맞춰 본점에서 지원을 나온 참이었다.

"엄밀히 따지면 이번이 네 번째지만 그래도 이런 분주함은 익숙해지질 않네요. 아, 그렇다고 이런 들뜬 분위기가 싫다는 건 아니에요."

하긴, 불발로 끝난 이태원과 삼풍백화점까지 합치면 그쯤 되겠군.

"저, 그런데……."

그러면서 신은수는 내 동행을 힐끗 쳐다보았고, 나는 자연스럽게 전예은을 소개했다.

"제 비서인 전예은 씨입니다. 오늘은 업무차 방문했고요."

전예은은 미소 띤 얼굴로 꾸벅 고개를 숙였다.

"처음 뵙겠습니다, 이성진 사장님의 비서인 전예은이라고 합니다."

"반가워요. 시저스 본점에서 지원 나온 총무 신은수입니다."

신은수는 엉겁결에 마주 인사했다가, 고개를 갸우뚱했다.

"……네? 비서요?"

"예. 무슨 문제라도 있나요?"

그야 비서랍시고 데려온 게 많이 쳐 봐야 중학생 정도로밖에 보이질 않는 전예은이니, 황당하긴 하겠지.

신은수는 잠시 생각하다가, 생각하길 포기했다.

"예은 씨가 본사에 계신다면 저랑도 종종 만나겠네요. 뭐, 급한 불부터 끈 뒤의 이야기가 되겠지만요."

"네, 그땐 잘 부탁드리겠습니다."

무탈하게 인사를 주고받은 뒤, 신은수가 나를 보았다.

"사장님, 혹시 아름 씨도 오셨나요?"

"아뇨."

"……."

단골인 윤아름이 방문할 때마다 매번 사인을 받아 낼 정도의 열성 팬인 그녀는—윤아름과 만나는 매일이 기념할 날이라나 뭐라나—잠시 시무룩했다가, 다시금 프로다운 모습을 보였다.

"저, 업무 점검차 오신 거라면, 실내를 안내해 드릴까요?"

"아뇨, 2호점 경영은 여러분께 일임했으니 그러실 필요까진 없습니다. 업무상 들렀다고 말씀드리긴 했지만 사실, 오늘은 인사나 할까 하고 방문한 거니까요."

"음……. 그러면 안쪽에서 기다려 주세요. 진영이랑 상윤이를 불러올게요. 마침 둘이 함께 있거든요."

"네, 부탁드리겠습니다. 아, 메뉴 확인도 가능할까요?"

내 말에 신은수가 미소를 지었다.

"그럼요. 2호점 시그니처 메뉴로 찾아뵙겠습니다."

시저스의 분점이라고는 하나, 2호점은 시저스와는 메뉴에 차별을 두고 있었다.

2호점만의 전용 메뉴는 화덕으로 구운 정통 피자.

빌딩 내부에 자리 잡은 본점엔 법률상 제대로 된 화덕을 넣을 수 없기에 정통 피자를 선보일 수 없단 까닭도 있었지만, 여기엔 겸사겸사 직영으로 관리하는 분점마다 차별을 두자는 아이디어가 반영된 결과이기도 했다.

나를 따라 안쪽으로 걸어오며, 전예은이 중얼거렸다.

"네 번째?"

그 중얼거림에 나는 빙긋 웃는 얼굴로 대꾸했다.

"원래 시저스는 본점에 앞서 두 차례쯤, 오픈을 앞두고 무산된 전적이 있거든요."

"아……."

"그중엔 삼풍백화점도 포함되어 있었죠."

삼풍백화점이 언급되자 전예은은 눈을 동그랗게 떴다.

비록 전생에서 있었던 일처럼 수많은 목숨을 앗아 간 대참사로 번지지는 않았지만, 삼풍백화점이 붕괴되는 모습 자체는 공중파를 통해 전국적으로 중계된 바 있었다.

그 여파는 제법 어마어마해서 그 영상이 해외까지 송출될 지경이었는데, 외신 기자들은 폐허로 변해 버린 삼풍백화점의 잔해 더미에서 각국의 언어로 이 붕괴 참사를 떠들어 대곤 했다.

'인명 피해가 없었다는 것이 그나마 불행 중 다행이었지.'

전예은은 가만히 고개를 끄덕였다.

"우여곡절이 많았군요."

그 담담한 감상을 들으며 나는 가만히 고개를 끄덕였다.

'삼풍백화점 붕괴로 인한 인명 손실은 그녀의 예측 범위 밖에 있거나, 그녀 안에선 이미 무화된 가능성이란 의미겠지.'

그건, 내가 전생에 빗대어 현재를 보는 것과는 다를 것이다.

'내가 과거를 통해 미래를 재단하는 것과 달리, 그녀는 현

재의 관점에서 미래를 엿보는 거야.'

그녀가 예측하는 미래는 현재 시점을 기준으로 변화하겠지만, 마찬가지로 역사의 변곡점에 서 있는 나로선 이래저래 도움이 될 만한 능력이었다.

'단언하기 어렵지만, 지금으로선 한계도 뚜렷하지.'

문득, 전생에는 그녀가 어떤 방식으로 존재했을지가 궁금했다.

'만일 내게 그런 초능력이 있다고 하면, 어떤 방식으로든 현세에 영향을 미쳤을 것 같은데 말이야.'

그러나 전생의 나는 전예은의 존재 자체를 몰랐고, 그녀와 관련된 인물과 장소에 대해서도 무지했다.

'어쩌면 그 능력을 내색하지 않은 채 죽은 듯 조용히 살아갔을지도 모르고.'

하기야, 나조차도 '전생의 기억이 있다'고 하는 기이한 능력이 없었더라면, 그녀를 전생에 만났더라면 그녀의 말을 정신병자의 망상으로 치부하고 말았거나 경계했을지도 모르겠다.

'내가 이성진의 몸으로 현생을 살게 된 것도 마찬가지지. 만일 이번 생을 또다시 한성진으로 살게 되었다고 하면, 이런 방식은 아니었을 거야.'

그런 의미에서, 전예은을 만난 건 행운이었다.

'잠깐.'

이걸 운이 좋다는 정도로 치부해도 될 일일까?

'……인연이라.'

그 인연이라는 것과 거기서 비롯해 쌓아 올린 인과가 나를 모종의 방향으로 인도하고 있는 것이라고 하면…….

'불쾌하군.'

지금으로선 억측에 불과하지만.

생각해 보면 전예은을 처음 보았을 때, 나는 마치 나방이 불에 이끌리듯 그녀를 쫓아가 말을 건넸다.

그건 내 의지였을까?

당시만 하더라도 나는 그녀가 나를 '불러낸' 것이라고 여겼지만.

'이런저런 정보가 모인 오늘 와서 생각해 보면, 그런 것 같지는 않아.'

한편 전예은은 자리에 앉자마자 주위를 둘러보며 나름의 감상을 내비쳤다.

"그러고 보니 서류에서 본 것 같아요. 식당은 마동철 전무님이 대표로 계신 인테리어 업체에서 시공하신 거죠?"

나는 생각을 잠시 접어 두고 그녀에게 미소로 응대했다.

전예은은 내가 '미소를 짓지 않으면' 내 본심을 제멋대로 추측해 오해하곤 하는 버릇이 있었으므로.

"예. 그렇습니다."

"2분기에 론칭할 방송 프로그램에서도 동철 인테리어가

전면에 나설 예정이고요. 이 정도 퀄리티라면 기대 이상의 성과가 있을 거 같아요."

시저스 2호점의 내장을 살핀 전예은은 앞으로 있을 일을 낙관적으로 내다보고 있었다.

'어쨌건 앞으로 있을 일에 집중하는 저 모습은 내가 본받아야겠지.'

나는 픽 웃었다.

"왜 그러세요?"

"아뇨, 아무것도 아닙니다. 예은 씨 말씀엔 저도 동의하는 바여서요."

"네……."

전예은은 조그맣게 고개를 끄덕이곤 나를 물끄러미 바라보았다.

"저, 사장님."

"말씀하세요."

"오늘 제가 사장님과 동행한 것에는 무슨 의미가 있는 건가요?"

그렇게 말하는 그녀의 눈빛은 희미한 불안감이 섞여 있었다.

내 앞에서만큼은 그녀의 나이에 걸맞은 감정적 동요와 충동성을 보였던 전예은은 내게 자신의 능력을 털어놓은 것이 조금 후회되는 눈치였다.

그런 그녀를 앞에 두고 나는 일부러 대수롭지 않은 양 말을 받았다.

"단순합니다. 비서로서 사장과 업무에 동행한 거죠."

"예?"

"걱정 마세요. 업무 외 수당도 지급해 드릴 테니까요. 물론 시저스 2호점 식대는 제가 내겠습니다."

전예은은 눈을 깜빡이더니 조심스럽게 물었다.

"혹시 농담이신가요? 저, 왠지 사장님의 농담은 파악하기 힘들어서요."

조금 농담을 섞긴 했지만, 상대가 '농담이냐'고 물은 시점에서 그 농담은 이미 실패한 거지.

'내 농담은 어째 타율이 낮단 말이지. 시대를 앞서간 탓인가.'

나는 떨떠름한 내심을 감추며 미소로 말을 받았다.

"아뇨, 설마하니 수당과 관련해 농담을 하겠습니까?"

"……."

아직도 어리둥절해하는 모습이어서, 나는 덧붙여 설명했다.

"제가 말씀드리지 않았나요? 예은 씨가 어떤 사람이든 저에겐 하등 상관이 없다고요. 저로선 예은 씨가 가진 능력을 업무 전반에 발휘할 수만 있다면 상관없단 입장입니다."

"……."

"그러니 예전처럼 서류 정리에 도움을 주고, 제 스케줄을 관리하면서 간간이 제가 묻는 말에 예은 씨의 의견을 피력하시면 됩니다."

나는 빙긋 웃으며 말을 마쳤다.

"여타 다른 사장들이 비서에게 바라는 업무의 범주에 있죠? 바뀌는 건 아무것도 없습니다."

사실, '바뀌는 건 아무것도 없다'고 했지만 그 말에 다소 어폐가 있다.

'바뀌긴 할 거야. 조금.'

전예은이 우물쭈물하며 입을 뗐다.

"그러고 보니까 사장님께선 저를 '예은 씨'라고 부르시네요."

"예. 뭔가 잘못되었습니까?"

그녀가 조그맣게 고개를 저었다.

"아뇨, 그게 얼마 전까지만 해도 사장님께선 저를 호명하실 때 '전예은 씨'하고 말씀하셨거든요. 실은 오늘 처음으로 '예은 씨'라고 불러 주셨어요."

어라, 그랬나?

자각하지 못했다.

"그랬습니까? 불편하시다면 다시 정정하겠습니다."

"아, 아뇨, 그게 아니라!"

전예은이 황급히 손을 내저었다.

"저, 저는 지금처럼 '예은 씨' 하고 계속 불러 주시는 게 좋아요."

"아. 그렇군요."

내가 고개를 끄덕이자, 전예은은 마주 고개를 끄덕이더니, 이내 얼굴이 새빨갛게 변했다.

"아뇨, 아뇨, 그러니까 좋다는 게 다른 의미가 아니라 좀 더어, 음, 상냥, 아니, 그게 아니라, 친분, 도 아니고, 그게……."

아직 애는 애네.

나는 전예은에게 미소를 지어 주었다.

"알겠습니다. 그럼 지금처럼 예은 씨라고 불러 드릴게요."

"……우으으."

전예은은 귀를 빨갛게 만들며 고개를 푹 숙였다.

잠시 그러고 있으려니.

"성진이 왔니?"

이진영과.

"지니지니! 왠지 오랜만인데?"

허상윤.

신은수의 전달을 받아 전예은이 할 일이 왔다.

'이진영이 무슨 꿍꿍이로 내게 접근해 친한 척하고 있는지를 알아야겠어.'

나는 그런 생각을 내색하지 않으며, 그들에게 활짝 미소를 보였다.

"오셨어요? 진영이 형, 상윤이 형."

애당초 시저스 건은 이진영의 알선으로 이루어졌던 것이고, 전생의 정황 근거로 미루어 짐작했을 때 '원래 내 역할'은 허상윤의 몫이었을 것이다.

그것이 재작년 이휘철의 생일 때 있었던 해프닝으로 인해 틀어졌고, 이 일에 내가 개입하게 되면서 삼풍백화점 붕괴와 함께 스러지고 없던 일이 되고 말았을 이들의 협력은 시저스 2호점까지 이어졌다.

'만약 전생에도 삼풍백화점이 붕괴하지 않았다면, 시저스는 대한민국 1세대 패밀리 레스토랑으로 남았을지 모를 일이지.'

사실, 시저스 경영 과정에서 내가 했던 건 사실상 숟가락 얹기나 다름없었다.

전생에 보았던 제니퍼의 수완이며 이진영의 경영 소질, 식품 사업과 관련한 허상윤의 자질 등을 미루어 짐작했을 때, 이들은 내가 아니더라도 한가락 했을 인물들이니까.

애당초 시저스라는 이름에 이탈리안 레스토랑이라는 정체성, 거기에 샐러드 바 뷔페를 표방했던 것도 모두 이들의 아이디어였을 뿐.

나는 그런 그들의 아이디어에 살짝 등을 떠미는 힘만을 가했을 뿐이다.

'그렇다고 그 과정에 있었던 나 자신의 업적을 과소평가할

생각은 없지만.'

그 일이 삼풍백화점과 엮이며 이런저런 나비효과를 불러왔고, 내 인맥과 노력을 통해 결국 신화식품과 해림식품 간의 전략적 제휴를 끌어내면서 삼사의 합자회사인 S&S 창립에 이르렀다.

그러나 이곳 시저스 2호점을 추진하고 이를 궤도에 올려놓은 건 어디까지나 이들의 성과였다.

'이들이 쌓아 올린 경험과 무관하게, 이들에겐 처음부터 합격점에 이를 자질이 있었단 거겠지.'

허상윤은 내 옆자리에 털썩 앉으면서 친근하게 말을 붙였다.

"그나저나 우리 바쁘신 이성진 사장님께서는 어언 일로 여기까지 행차하셨나?"

이번 생에서 허상윤과 첫 만남은 최악이라고 할 수 있었으나, 그 이후 만난 허상윤은 그때 있었던 일을 크게 마음에 담아 두지 않는 눈치였다.

'솔직히 서운할 법도 한데, 만나 본바 적의라곤 눈곱만큼도 없지. 그런 게 허상윤의 장점이긴 하지만.'

중간에 이진영의 개입이 있었으리란 짐작과는 별개로, 현재 그가 내게 표하는 친밀함은 거짓이 없어 보였다.

허상윤은 가만히, 눈치를 살피며 앉아 있는 전예은을 힐끗 쳐다보았다.

"게다가 웬 꼬맹이랑."

한편으론, 선입견으로 타인을 얕잡아 보는 건 허상윤의 나쁜 버릇이었다.

'호텔에서 그걸로 혼쭐이 났으면서도, 이런 것만큼은 아직 고쳐지질 않았군.'

허상윤은 짓궂게 웃으며 새끼손가락을 흔들어 보였다.

"아, 혹시 이거냐? 역시 주변에 여자가 끊이질 않는걸."

뭔 소리냐.

나는 담담히 전예은을 소개했다.

"소개할게요. 이쪽은 제 비서인 전예은이라고 합니다."

"아, 비서. 역시."

그러곤.

"엥? 비서라고?"

허상윤은 움찔하더니 전예은을 물끄러미 쳐다보았다.

"무슨 비서가………."

거기까지 입을 뗀 허상윤은 잠시 생각하다가 고개를 홰홰 저었다.

"아니지, 국민학생이 사장을 하고 있는 세상이니 새삼스러울 것도 없……는 것도 아닌가?"

이젠 국민학생이 아니라 초등학생이라고 불러야 마땅하단 지적을 해 주고 싶었지만.

그보다.

"형, 예은 씨는 형이랑 동갑이에요."

"엥."

허상윤은 움찔하더니 전예은을 물끄러미 쳐다보았다.

"에엥? 그러면 80년생?"

그렇게 안 보이리란 건 알고 있다.

그쯤 해서 나는 전예은에게 두 사람을 소개했다.

"예은 씨, 여기 계신 분들은 시저스 2호점의 공동 경영자이자 제 친척 형들이에요."

한편 그런 우리 이야기에 끼어드는 일 없이 가만히 경청하고 있던 이진영이 싱긋 웃으며 입을 뗐다.

"저번에 요한의 집에서 뵈었죠? 다시 인사드리겠습니다. 저는 여기 있는 성진이의 재종형님인 이진영이라고 합니다."

이진영의 말에 허상윤이 어리둥절한 얼굴로 우리를 번갈아 보았다.

"뭐야, 너랑은 구면이었어?"

"응. 얼굴은 알아."

이진영은 가볍게 고개를 끄덕였다.

그러면서 이진영은 전예은을 가만히 바라보았다.

"제대로 된 인사는 처음이고, 성진이의 비서라는 것도 처음 들었지만."

보아하니, 이진영은 고아원에서 만난 전예은을 기억하고 있었다.

'그 장소에서 전예은의 존재감은 무척 희미했는데.'

그건 전예은이 가진 나름의 의태 능력이었을 테지만, 그럼에도 이진영의 눈썰미는 그 장소에 모인 인물을 놓치지 않고 속속들이 파악하고 있었던 것임에 틀림없다.

'이 인간도 범상한 부류는 아니야.'

전예은이 살짝 웃는 얼굴로 입을 뗐다.

"네, 처음 뵙겠습니다. SJ컴퍼니에서 이성진 사장님의 비서로 일하고 있는 전예은이라고 합니다."

허상윤이 머리를 긁적였다.

"……어흠, 방금은 미안. 나는 허상윤이라고, 여기 있는 성진이의 친척 겸 이곳 2호점의 공동 경영자야."

"네. 잘 부탁드리겠습니다."

전예은의 말에 허상윤이 손을 저었다.

"그리고, 됐어. 말 놔도 돼. 동갑이라면서?"

"예? 하지만……."

"내가 먼저 났잖아? 너도 말 놔."

그녀는 이진영을 힐끗 보았고, 전예은의 시선을 받은 그는 가볍게 어깨를 으쓱였다.

"하긴, 엄밀히 따지면 우린 피차 고용 관계가 아닌 데다 동갑이니까. 나도 그쪽만 괜찮다면 오히려 그게 편할 거 같은데."

이진영까지 흔쾌히 동의하고 나서자 전예은은 얼떨떨한

얼굴로 고개를 끄덕였다.

"아…… 네, 알겠습, 아니, 알았어."

이쯤 하면 대강 소개가 끝난 모양이어서, 나는 다시 입을 열었다.

"오늘은 점검차 방문했어요. 그렇다고 아주 공식적인 건 아니지만요."

허상윤이 의자에 등을 삐딱하게 기대며 내 말을 받았다.

"응, 네가 공식 방문을 한다면 사전에 연락을 했겠지. 아무튼 잘 왔어. 안 그래도 오픈 전에 한 번 찾아와 줬으면 했거든. 네 반응도 궁금했으니까."

그러면서 허상윤이 이진영을 힐끗 쳐다보았다.

"너한텐 진영이가 고아원에서 보여 줬단 건 알고 있지만, 솔직히 까놓고 말해서, 그건 야매야. 내 기준에선 사실 돈받고 팔 만한 물건도 아니고."

"그렇게 생각해? 그 상황에선 최선을 다한 거였는데, 조금 서운한걸. 반응도 좋았는데."

이진영의 말에 허상윤이 픽 웃었다.

"거기선 뭘 먹어도 맛있었겠지. 그래도 돈받고 파는 거랑은 구분해야 해. 어디 길거리 노점도 아니고, 제대로 된 레스토랑을 표방하려면 나름의 격식을 갖춰야 마땅하지 않겠어?"

이러니저러니 해도, 허상윤이 먹거리를 대하는 방식은 진지했다.

'그러니 호텔에서도 무어라 투덜거린 것이겠지만.'

미래에 그가 식당 프랜차이즈 대표로 이름을 날렸다는 걸 생각하면, 벌써부터 그 싹수가 보였다.

"아무튼 2호점의 시그니처는 기대해도 좋아. 나도 몇 번 맛을 봤지만, 이만하면 내가 이탈리아에서 먹었던 것에도 크게 뒤처지진 않고."

그 진지함은 그로 하여금 직접 이탈리아로 건너가 현지 대표 메뉴를 직접 시식하게끔 하는 열정까지 부여했다.

"다만 이탈리아에서 먹었던 맛을 '제대로' 구현하려면 역시 재료가 문제야. 같은 토마토라도 품종에 따라 맛이 달라지거든. 그렇다고 이탈리아산 식재료를 공수해 오자면 역시 가격이 걸려."

허상윤의 말을 들으며 그 과정의 말 못 할 우여곡절을 떠올렸는지, 이진영이 쓴웃음을 지었다.

"응, 지금으로선 단가가 엄청나게 뛰지. 나는 이대로도 문제없단 생각이지만."

미식가인 허상윤의 기준에선 모차렐라 치즈조차 정통 방식대로, 물소 젖으로 만든 것을 써야 할 것이다.

"뭐어. 일단 국내에서 구할 수 있는 재료로 최대한 현지를 재현하는 데 초점을 맞추긴 했어."

그러던 허상윤은 고개를 돌려 저 먼 곳을 보았다.

"백문이 불여일견이랬으니까, 직접 먹어 보고 판단해."

허상윤의 시선이 향한 곳에선 때마침 신은수가 트레이에 피자 몇 판을 싣고 이쪽으로 왔다.

"오래 기다리셨습니다. 주문하신 피자입니다."

신은수는 비록 '오래 기다리셨습니다' 하고 말하긴 했으나, 사실상 소개차 말 몇 마디 주고받는 사이 피자가 나왔으니 금방이었다.

허상윤은 피자가 이렇게 일찍 나온 것에 관해 사정을 설명했다.

"원랜 주문을 받고 조리해 나오기까지 15분가량 걸리지만, 마침 네가 올 즈음 화덕에 넣어 둔 게 있었거든."

"그랬군요."

"응, 한국 기준에 길다면 긴 시간이지만…… 어차피 고객들의 뷔페 이용 시간을 감안하면 주문한 음식이 나오기까지 체감 시간은 크지 않을 거야."

그사이, '몇 판'이라곤 했지만 과장 조금 보태서, 어른 손바닥만 한 크기의 피자가 속속들이 상 위로 올라왔다.

"그럼 맛있게 드세요."

신은수가 물러나고, 나는 그 광경에 하고 싶은 말이 많았지만, 일단 입을 다물기로 했다.

"자, 그럼 먹어 볼까."

허상윤은 능숙한 동작으로 상에 올라온 피자를 조각내서 전예은과 내 앞 접시에 각각 덜어 주었다.

"포크랑 나이프가 비치되어 있긴 하지만, 그냥 손으로 먹는 걸 추천할게."

"너는 안 먹어?"

전예은의 말에 허상윤은 어깨를 으쓱였다.

"고객 반응부터 보고."

조그맣게 고개를 끄덕인 전예은은 제 몫의 마르게리타 피자를 조심스럽게 입에 가져갔고, 이내 쭈욱 늘어지는 모차렐라 치즈에 눈을 동그랗게 뜨며 당황하더니.

"어머, 어머."

급기야 치즈가 떨어질세라 오물오물 입을 움직인 뒤, 손으로 입을 가렸다.

"……어머."

허상윤은 그런 전예은을 보며 히죽 웃었다.

"맛있지?"

"네! 아, 아니, 응. 맛있어. 정말로."

그 모습을 보며 나도 내 몫의 얇은 피자를 한 입 베어 물었다.

바삭, 하고 얇은 도우가 입안에서 부서지는 동시에 각종 재료가 한데 어우러진 풍미가 입안 가득 번졌다.

'……맛있는데?'

허상윤이 호언장담한 대로, 내 기준에서도 맛에 관해선 더할 나위 없이 훌륭했다.

다만.

나는 피자를 내려놓으며 티슈로 입가를 닦았다.

"가장 큰 장애물은 선입견이겠군요."

허상윤은 내 말에 쓴웃음을 지었다.

"그렇지. 성진이가 제대로 지적했네. 어쨌거나 한국엔 미국식 피자가 주류며 정통인 양 자리 잡았으니까. 대중들은 평소 접하던 피자헛 같은 걸 떠올리면서 '겨우 이거?' 하고 생각해 버릴 여지도 있어."

내가 생각한 문제점은 크기였다.

일반적으로 라지 사이즈니 패밀리 사이즈니 하며 규격을 나눈 것과 달리, 이탈리아식 피자는 '한 사람당 피자 한 판'이 기준이었다.

또한, '콤비네이션 피자'라고 불리는 것이 일반화된 한국의 사정과 달리, 이탈리아식 피자는 도우가 얇은 데다가 올라오는 토핑도 한두 가지가 고작일 정도로 단순한 것도 사실.

근 미래 사람인 내 기준에서야 미국식 피자와 이탈리아식 피자를 '구분'하지만, 지금 시대에선 대중에게 널리 보급된 미국식 피자를 기준으로 이를 '피자'라는 한 범주에 엮어 생각할 것이다.

그러니 이 시대에는 '가성비' 측면에서 피자가 부실하다 여기며 언짢게 생각할 여지도 충분했다.

'메뉴판을 훑어보니 가격도 그리 저렴하지는 않고.'

한 판당 가격은 1만 원대 초중반.

들어간 재료와 인건비며 운영비 등 이런저런 요소를 고려해 감안하면 납득이 가는 수준이지만, 짜장면 한 그릇이 3,000원을 넘지 않는 이 시대 기준으론 결코 저렴하다곤 할 수 없는 외식 메뉴인 데다가 심지어 필수 사항인 샐러드 바 이용 요금은 별도였다.

'사람들의 인식 전반에 내재한 선입견을 배제할 수는 없는 노릇이니까.'

허상윤이 말을 이었다.

"나도 그나마 타협을 한 거야. 만일 이탈리아 재료를 수입해서 만들었다고 하면, 거기 적힌 가격에서 훨씬 높은 값을 받아야 하거든."

이진영이 쓴웃음을 지었다.

"밀가루도 이탈리아산을 써야 한다는 걸 간신히 말렸어."

"……뭐, 장사는 취미가 아니니까."

허상윤은 그 스스로 '타협'을 한 거라고 했지만, 이만하면 이탈리안이 대중화를 넘어 고유문화로 존중받으며 정착한 근 미래 기준에서도 높은 점수를 줄 수 있을 정도였다.

거기서 나는 고개를 돌려 전예은을 보았다.

"어떻게 생각하세요?"

"네? 아, 네. 한 끼 식사로 손색없을 만큼 훌륭해요. 저번에 먹었던 것도 맛있었지만, 이건 차원이 다른걸요."

반사적으로 대답한 전예은은 뒤이어, 내가 '맛'에 대한 평가를 묻는 것이 아님을 직감하고 어조를 고쳐 말을 이었다.

"이 피자 맛을 본 이탈리아 사람은 어떻게 생각할지가 궁금하긴 하지만요."

과연.

거기까지 내다본 전예은의 안목은 내가 기대한 대로였다.

전예은의 말에 허상윤이 몸을 앞으로 기울였다.

"이탈리아인?"

"응."

전예은이 미소 띤 얼굴로 고개를 끄덕였다.

"상윤이 너도 말했잖아? 이탈리아 현지에서 먹었던 것에 비해서도 손색이 없다고 말이야."

'손색이 없다'는 표현이 적절한지는 모르겠으나, 뉘앙스는 비슷했다.

"내가 먹어 보니까 피자 맛에도 손색이 없었거든. 내가 먹어 본 것 중에선 가장 맛있었어. 그 말은 이탈리아에서도 피자를 아주 잘 만드는 집을 기준으로 삼은 거겠지?"

전예은은 허상윤을 은근슬쩍 추켜올리며 그녀 자신의 의견을 피력했다.

허상윤은 '흐음' 하고 의자에 등을 붙이며 고개를 주억거렸다.

"꼭 한 가지만 짚어서 그렇단 말을 하긴 어렵겠지만, 평균적으론 그렇단 거지. 그래서 그게 왜?"

"그렇다면 됐어."

전예은이 웃는 얼굴로 말을 받았다.

"만일 이탈리아 사람한테도 우리 피자가 통한다면, 아무런 문제도 없을 거라고 생각해."

"아니, 나야 물론 그 정도 자신감은 있지만…… 근본적으론 조금 다르지 않아?"

허상윤이 눈썹을 씰룩였다.

"우리는 이탈리아에서 피자를 만들어 파는 게 아니라, 어디까지나 한국에서 피자를 만들어 파는 게 목적이니까."

그 말을 들으며 전예은은 고개를 끄덕였다.

"맞아, 나도 동의해. 당연한 이야기지. 우리는 대한민국 서울에서 이탈리아 현지식 피자를 판매할 목적으로 시저스 2호점의 문을 연 거니까. 하지만."

전예은이 말을 이었다.

"이탈리아인은 한국에도 살고 있잖아?"

그 말에 허상윤은 눈살을 찌푸렸다.

"그야 서울에도 이래저래 유학이나 이민, 관광 나온 이탈리아인 정도는 있겠지."

허상윤의 말마따나, 한국에 거주하는 이탈리아인이 없지는 않을 터다.

아직은 글로벌적 위상이 근 미래와 비교해 상대적으로 뒤

떨어지는 한국이라곤 하나, 그렇다고 지금도 아주 불모지는 아닌 것이다.

"하지만 그 숫자는 한 줌이나 될까, 하는 극소수야."

허상윤이 말을 이었다.

"설마하니, 너는 그런 극소수의 이탈리아인을 대상으로 시저스 2호점을 운영해 나가야 한다는 이야기냐?"

"응, 일단은."

"……일단?"

"응, 그러니까 내 말은……."

전예은이 설명을 위해 말을 이으려는 찰나.

"아, 아아, 그래. 그거구나."

허상윤이 반색하며 전예은의 말을 끊었다.

"알았어."

한편.

이진영은 그녀가 입을 연 즈음부터 줄곧 전예은이 말한 내용이 의도하는 바가 무엇인지 진즉부터 눈치챈 양 미소를 머금고 있었다.

'그 녀석 참.'

어쨌건 허상윤도 여기 모인 사람 중에선 뒤늦게, 하지만 전예은이 직접 입을 열어 설명하기 직전에 그녀의 의도를 파악해 냈다.

"즉, 이걸 문화적으론 '그러한 것'이라고 취급하게 된다면,

한국인에게도 '당연한 일'로 취급될 거란 거지?"

"응, 바로 그거야."

"흐음, 너도 제법인데?"

"별말씀을."

한국에선 미국식 피자가 피자의 기준점이 되어 있었고, 현시점의 시저스로선 그러한 기준과 선입견이 경쟁 상대라고 할 수 있었다.

그러나 만일 이것을 '문화적 차이'일 뿐만 아니라 도리어 '피자라는 식품의 오리지널리티가 있는 것'으로 포장할 수 있다면…….

'대부분의 문제는 해결될 뿐만 아니라 별도의 고객층을 모을 수 있지.'

전예은이 말하는 바는 미국식 피자 프랜차이즈를 경쟁 상대로 보는 것이 아닌, 새로운 블루 오션을 개척하는 것을 주안점에 두고자 함이다.

"다만."

다만.

허상윤이 말을 이었다.

"한국에 있는 이탈리아인 사이에서 입소문을 타기까지 기다리려면 적잖은 기회비용을 날려 버릴 여지도 있어."

그 말도 맞다.

그러면서 맛에 있어선 고려할 여지가 없다는 자신만만함

은 허상윤다운 모습이었다.

'이탈리아인은 프랑스인 못지않게 자국의 식문화에 관한 자부심이 가득한 민족인데도 말이야.'

소위 '세계 3대 요리'라고 하는 그들만의 논쟁에서 프랑스와 중국을 제외한 남은 한 자리를 두고, 이탈리아는 줄곧 자신이 그중 한 자리를 차지하는 것이 당연하다는 양 말하곤 했으므로.

어쨌거나 상황을 고려하고서도 의기양양한 허상윤의 말에 전예은은 빙긋 웃으며 대수롭지 않은 일이라는 양 어깨를 으쓱였다.

"응, 맞아. 하지만 상윤이 너도 알까 모르겠는데……."

전예은은 의도적으로 나를 힐끗 쳐다보았다가, 말을 이었다.

"우리 SJ컴퍼니는 방송국이랑도 연이 닿아 있거든."

"……아하."

허상윤의 눈이 반짝였다.

"그러니까 방송을 통해 문화 전파와 홍보를 겸하자는 거군."

"응."

그 직후, 허상윤은 머리를 굴려 입안으로 무언가를 중얼거리더니 눈살을 살짝 찌푸렸다.

"그런데, 대체 어느 프로그램에서 시저스 2호점을 다룰 수 있을지는 잘 모르겠는데."

이 시대엔 아직 〈VJ특공대〉 등으로 대표되는 비디오 저널 프로그램이 없던 시절이었다.

'정확히 말해 〈6시 내고향〉이며 그 비슷한 건 있지만, 프로그램 성격이며 인지도 측면에서 우리가 바라는 바는 아니지.'

비디오 저널 프로그램.

나중엔 소위 맛집 조작 논란이며 관련 브로커의 존재까지 파헤쳐지는 등 불미스러운 논란의 대표 주자가 되며 시청자들의 신뢰를 잃고 '시간이나 떼우는 정도'로 유명무실해지지만, 전성기에는 20%에 육박하는 시청률을 뽑아냈던 장르이기도 했다.

'관련해선 이 시기엔 아직 블루 오션인 데다 한탕 해 먹을 여지가 충분하지. 마침 외주제작용 업체로 설립한 통통 프로덕션도 우리 손아귀에 있고.'

다만 이들에게도, 거기까지 생각을 떠올리는 건 무리일 것이다.

'나도 사실 크게 바라는 바는 아니고. 그러한 비디오 저널 프로그램은 사실상 반쯤 오락성 성격을 띠고 있는 데다가 편성 시간상 짧게 다룰 수밖에 없어. 더군다나, 마음만 먹으면 그보다 한발 더 나아갈 수도 있지.'

사고를 21세기 초반에 한정할 필요는 없다.

한편, 전예은 역시 관련해 뚜렷한 비전까진 없었던 모양으로 말끝을 흐렸다.

"⋯⋯그건 그래."

그러니 전예은의 아이디어도 거기서 멈추는 듯했지만.

"지금으로선 그렇지."

"지금으로선?"

"응, 내 생각엔, 그런 프로그램이 없다면 만들면 된다고 생각해."

"⋯⋯프로그램을?"

"응."

전예은은 생각과 동시에 말을 이어 가느라 미간을 살짝 찡그렸다.

"특별 기획 편성 프로그램을 만드는 거야. 이를테면 한국에 이민 와서 살고 있는 이탈리아인을 대상으로 한 다큐멘터리로."

"다큐멘터리라."

"거기서 프로그램 말미쯤에 '한국에서 맛보는 고향의 맛'이라는 형식으로 자연스럽게 시저스 2호점을 알릴 수 있다면, 괜찮지 않을까?"

"흐음."

그건 허상윤의 생각에도 과하단 생각이었는지, 그는 전적으로 동의하지 않는 모양으로 한발 내뺐다.

"이래서야 배보다 배꼽이 더 커져. 입소문을 기다리는 기간이나 프로그램을 만들고 편성을 기다리는 기간이나 사실상 매한가지 아니야? 거기엔 시청률도 고려해야 할 테고, 또 암만 방송국 쪽과 선이 닿아 있다 하더라도 우리가 그런 걸 진행하는 건 조금 힘들 거 같고."

"······음."

잠시 침묵.

그 짧은 정적 사이, 내가 슬슬 해법을 제시할까 싶은 시점에서 이진영이 대수롭지 않은 양 빙긋 웃는 얼굴로 끼어들었다.

"아니, 그 과정에 이르는 길 자체는 어렵지 않아."

"응?"

허상윤이 이진영을 쳐다보았다.

"뭔 소리냐?"

"그 정도야 뭐, 이탈리아 대사관에 협조를 구하면 되잖아?"

이진영의 말에는 허상윤마저 얼빠진 소릴 뱉었고.

"······엥."

그 모습을 보며 이진영이 웃는 얼굴로 말을 이었다.

"아니, 뭐. 찾아보면 건너 건너 아는 사람 중에 외교부 장관도 있을 것 같아서."

그러면서 이진영은 나를 보며 슬쩍 미소를 지었다.

"그러니 관련해서 관건은 프로그램을 편성하고 시청률을

끌어올리는 것 정도일 거라고 생각해."

"……."

이번에는 나도 내 예상을 벗어난 이진영의 말에 조금, 혼란스러워웠다.

'이건, 그건가. 빵이 없으면 고기를 먹으면 된다? 아니, 조금 많이 다른데.'

아니.

나는 거기서 이진영이 내게 전하는 메시지를 읽었다.

'인맥, 인가.'

소위, 상류층이 그들끼리 향유하는 인맥.

이진영이 나를 초청했던 '모임'에는 그런 목적도 있음을, 그는 은근히 암시하고 있었다.

이진영이 말을 이었다.

"비록 목적은 다른 데 있다곤 하지만, 들으니까 취지도 나쁘지 않은 것 같고, 관련해서 양 국가의 이해관계에 가교를 이어 줄 수 있다면 그것도 좋을 거 같아. 게다가 마침 한국과 이탈리아가 수교를 재개한 게 1956년이니, 올해 40주년을 기념해서 특별 편성한다고 하면 방송국에도 그럴듯한 명분을 제공할 수 있겠지."

한·이 수교 40주년? 그런 것도 알고 있냐?

그런 내 황당함을 허상윤이 이어받았다.

"그런 건 어떻게 알고 있는 거냐?"

이진영은 별것 아니라는 양 대꾸했다.

"어쩌다 보니. 나도 시저스를 준비하면서 알아본 거야. 이왕 이탈리안 레스토랑을 표방하고 있잖아? 나도 시저스 일이 아니었다면 알아보려는 생각도 해 보지 않았을 거야."

"……나 원 참."

허상윤이 혀를 내둘렀다.

"너 좀 징그럽다."

나 역시도 동의하는 바다.

"하하, 우연히 맞아떨어졌을 뿐이야. 나도 이 지식을 이렇게 써먹을 수 있을 줄은 몰랐고."

이진영은 연극적인 겸양을 표하며, 고개를 돌려 나를 보았다.

"그건 성진이도 알고 있었을걸? 게다가 내가 말한 건 이탈리아 측도 흔쾌히 동의하진 않을 거야. 그쪽에선 1884년도에 대한제국 시절 한국과 맺었던 수교를 공식적인 연표로 앞세우려는 눈치니까. 그래서 성진이도 잠자코 있었던 거겠지."

아니, 전혀 몰랐는데.

"그래서, 성진이 생각은 어때? 괜찮을 것 같아?"

"음……."

나는 이진영의 물음에 놀랐다는 걸 내색하지 않으려 노력하면서, 최대한 태연하게 말을 받았다.

"제 생각을 말씀드리자면, 일부는 동의하지만 일부는 아니에요."

세 사람의 눈이 나를 향했다.

전예은은 경청하는 자세였으며.

허상윤은 어디 들어나 보자는 얼굴이었고.

이진영은…… 알기 힘들었다.

'뭐, 다들 제법이긴 했어. 명불허전이야.'

나는 각각의 시선을 의식하며 말을 이었다.

"방송을 통해 자연스러운 홍보를 하겠다……. 그 아이디어 자체는 저도 동의하는 바입니다. 그 자체는 무척 효과적이죠. 저희만 하더라도 한밤의 연예TV를 통해 간접 홍보의 효과를 톡톡히 누린 바 있으니까요."

그 말에 전예은이 고개를 끄덕였다.

방송이 나간 직후 시저스 본점의 매상이 늘었음은 물론이고, 방송에 나간 '간이' 화덕식 피자에 관한 판매 문의를 묻는 고객도 있었다고, 제니퍼는 내게 전했다.

"하지만 방송 프로그램을 만들고 편성하는 일 자체는 제법 고된 일입니다. 거기엔 적지 않은 예산과 시간, 인력이 소요되죠. 상윤이 형이 말했던 대로 방송 편성과 방영을 기다리는 시간 동안 우리가 놓칠 기회비용도 고려해야 하겠고요."

허상윤은 고개를 끄덕였다.

1분기는 시기상 불가능하고, 당장 올해 2분기에 방송을 편성한다고 가정한다 하더라도, 시저스 2호점을 알리기엔 다소 늦되다.

"그래, 설령 방송이 나간다고 하더라도 시청률이 제대로 나오지 않으면 들인 노력에 비해 효과가 미비할 거야."

나는 허상윤의 말에 동의하며 그 말을 받았다.

"그러나 진영이 형이 말한 한국과 이탈리아 사이의 외교적 관계를 이용— 이용이라는 말을 사용하긴 조금 조심스럽군요. 여기선 관계를 고려한다고 하죠. 아무튼 양 국가의 관계를 고려해 보자는 견해는 마침 시기상 적절해 보입니다. 명분도 충분하고 말이죠."

이진영이 빙긋 웃으며 고개를 끄덕였다.

그러니 늦어도 올해, 한편으론.

'굳이 어느 한 국가만 콕 짚어 볼 필요는 없지.'

나는 미소 띤 얼굴로 말을 이었다.

"여기서 SJ컴퍼니는 두 마리 토끼를 잡아 보도록 하겠습니다."

"······두 마리 토끼?"

허상윤의 말에 나는 어깨를 으쓱였다.

"이왕 할 거라면 제대로 해야죠."

"이를테면?"

"우선, 프로그램은 이탈리아인에만 국한하지 않을 겁니다."

"응? 뭐야, 그게?"

"저는 이번 일을 단발성 기획에 그치고 말 생각은 없거든요. 저희도 어디까지나 시저스, 굳이 이탈리안 레스토랑에만 프랜차이즈를 한정할 필요도 없고요."

"⋯⋯그래서?"

나는 깍지 낀 양손을 탁자 위에 올렸다.

"이탈리아뿐만 아니라, 전 세계를 대상으로 해 보겠습니다."

"전 세계?"

내가 생각한 건, 시대를 앞서가는 국뽕 투여였다.

'20세기 한국인들로 하여금 주모를 찾게 만들어 주지.'

허상윤이 먼저 입을 열었다.

"⋯⋯그러니까, 한국에 사는 외국인을 대상으로 우리나라의 문화를 체험하게 하잔 거냐?"

"큰 틀만 놓고 보자면 그렇죠. 조금 더 디테일하게 짚고 넘어가자면⋯⋯."

내가 살았던 전생의 근 미래만 하더라도 '두유노우 어쩌고?' 하는 것이 자조 섞인 농담성 관용구로 쓰일 정도인 데다 외국인들도 이에 맞춰 '오우, 예스! 아이 러브 코리아!' 하고 받아 주는 수준이지만.

사실, 이 시대만 하더라도 한국이 어디에 붙어 있는지 모르는 외국인이 태반이었다.

내가 겪어 본바, 2000년대 중반까지만 하더라도 해외에서 'From Korea' 하며 내 국적을 밝히면 'North(북쪽)? South(남족)?' 하고 되묻는 경우도 있었으니.

'아니, 그 정도면 시사 교양이며 상식을 좀 아는 수준이지.'

당시 내가 'Korea'라고 말했을 때 외국인들의 반응은 우리가 아제르바이젠이나 투르크메니스탄, 르완다며 콩고의 지정학적 위치를 물었을 때 나오는 반응과 유사한 감각이었다.

국가의 이름도 알고 피상적인 근현대사적 흐름, 또 그 나라가 어디 있다는 것까진 알지만 그조차도 머릿속에 주변의 지리며 심볼에 빗대 유추해 낸 어렴풋한 감상을 떠올려야 연상이 된다고 해야 할까.

'심지어는 중고딩들 사이에서 노스페이스 패딩이 비정상적으로 유행했을 당시, 해외 현지 분석가들은 한국이 산악 지형이라서 수요가 있었던 것이라 분석했을 정도이니.'

심지어는 그 시기 품질이 일류로 통하던 한국의 전자 제품을 사용하면서도 그것이 한국 제품인지도 모르는 경우도 왕왕 있었다.

그러던 것이 2020년대에 근접하고 K-pop이니 K-food니 접두에 'K'가 붙는 것이 늘어나기 시작하면서 그제야 외국인들 사이에 '한국'의 존재가 피상적이거나 상대적인 감상의 수준을 넘어 독자적인 존재로 각인되었다고 할 수 있겠다.

상황은 이 시대의 한국도 별반 다르지 않았다.

정확히는 해외에서 한국을 어떻게 바라보고 있는지 딱히 신경도 쓰지 않았을뿐더러, 아니, 문화라는 것에 어떤 힘이 있는지 자각하지 못한 채였다.

오히려 이 시기에는 FTA며 국가 간 관세 문제가 대두되면서 자국 문화 전반과 관련한 한국인들의 인식은 '신토불이'로 대변되는 폐쇄적 국수주의의 방향에 기울어져 있었다.

'문화란 어디까지나 지키고 보전해야 할 것이지, 그것이 타국에 상호 영향을 주고받는 요소는 아니란 생각이라고 할까.'

그래서 2000년대 초중반, 2002년 한일월드컵을 성공리에 개최하고 한국에 관한 외국인들의 관심이 스멀스멀 피어오를 즈음, 정부는 그제야 부랴부랴 문화 컨텐츠 사업에 뛰어들었다.

하지만 당시 '높으신 분들(꼰대)'이 인식하는 문화라는 건 결국 신토불이에서 더 나아가지 않았고, 결국엔 막대한 예산을 들여 가며 '김치'니 '떡볶이', '비빔밥'을 알리는 데만 열을 올렸다.

그리고 결과는 대부분의 정부 시책과 마찬가지로 들인 예산에 비해 별다른 재미를 보지 못했고, 결국 삽질에 그쳤다.

그것과 관련해서, 나는 아직도 청문회에서 '어떻게 양념치킨이 한국의 전통 음식입니까!' 하고 호통치던 국회의원의 모습이 떠오른다.

'문화라는 건, 결국 상호 간에 뒤섞이며 변용되는 요소란 것을 떠올리지 못한 결과지.'

그 시작이자 첫걸음은 문화라는 것에 상대성과 특수성이

혼재되어 있다는 인식에서 비롯해야 한다.

'즉, 외국인들로 하여금 자국의 어떤 것이 특수해 보이는
지, 거기서 무엇에 보편성을 형성하는 수요가 있는 것인지
알아내는 것부터 출발하는 거야.'

도리어 한국 문화가 세계화에 발을 붙이게 된 건 민간 주
도로 이루어졌고, 그 과정에 외국인들의 반응을 접하며 느낀
한국인의 반응은 '어리둥절함'이었다.

그러니까, '이게 신기한가?' 하면서 외국인들이 신기해하
는 게 신기하단 느낌.

외국인들이 환장한 건 우리도 잘 접하지 않던 '비빔밥'이
아니었고, 그들에게 이질적인 식감의 '떡'이 아니었으며, 곁
들이는 반찬으로 나와야 의미가 있는 '김치'가 아니었다.

한국인들 사이에선 회식 메뉴로 보편화된 '삼겹살'이나 '불
판', 전 세계 맥도날드 체인점보다 매장의 숫자가 많다는 '치
킨'이었다.

특수한 상황에서 소수만 접하는 국악이 아닌 '아이돌'이었
고, 이럭저럭 즐겨 보던 '드라마'가 소위 '한류'를 이끌었다.

'그러고 보면 한류라는 말조차도 외국에서 이름 붙인 신조
어였지.'

그 시초에 대해선 말이 많지만, 대중 인식 전반에 '한류'라
는 말이 자리매김하기 시작한 건 2000년대 초반, 일본에서
있었던 〈겨울연가〉의 비상식적인 흥행 때문이었다.

'그것도 한국인들 입장에선 자부심보단 신기하단 반응이 더 컸지. 정작 한국에서 〈겨울연가〉는 동 시기 방영된 〈여인천하〉에 밀려 그렇게까지 센세이셔널하지 않았는데 말이야.'

그러면서 당시만 하더라도 국내에서 '한류'라는 건 어쩌다가 잘 나온 작품으로 말미암은 일시적인 현상에 지나지 않으며, 그조차도 곧 사라질 것이란 냉소적인 분석이 주류였을 정도였다.

'그 당시 사람들은 문화란 무엇인지, 그 힘이 어디서 나오는지 제대로 읽지 못했단 거지.'

뭐, 나도 잘난 척 다 아는 듯이 말하곤 있지만, 나 역시 그런 의견에 동조하던 사람들 중 하나였다.

내 분석이란 어디까지나 그보다 훗날의 결과에 연역한 사고일 뿐이니.

그러니 내 말을 들은 세 사람이 모두 어리둥절한 반응을 보이고 있는 것도 이해하지 못하는 바는 아니었다.

여간하면 자신을 내색하지 않는 이진영조차도 어색한 얼굴로 끼어들었을 정도였으니까.

"즉, 한국에 거주하는 외국인이 그 나라의 지인을 초빙해서 우리 문화를 체험하게 한단 거구나?"

허상윤이 고개를 저었다.

"성진이 말마따나 시저스가 메인은 아니군. 그런데 그게 먹힐까?"

"그렇다면 이민자의 고충을 다루는 르포 형식의 프로그램에 가까울 거 같아. 왠지 예능은 아니라는 생각이 드는데."

"음, 나 역시도 시청률을 고려한다면 좀 더 가볍게 접근하면 좋겠어. ……아니지, 한국 음식에 익숙하지 않은 외국인이 이탈리아를 재현한 시저스에 흥미를 보일 거란 건 틀림없지. 홍보 효과는 있겠군."

이 사람들이 영 핀트를 못 잡네.

나는 좀 더 구체적인 가이드라인을 제시하기로 했다.

"그런 게 아니에요. 외국인들의 눈으로 본 한국 문화 소개라는 것에 가깝죠. 음식이라든가, 음악이라든가, 관광 명소 같은 곳을 둘러본다거나."

허상윤은 팔짱을 낀 채 고개를 갸우뚱하더니 머리를 벅벅 긁어 댔다.

"……그러면 일단 김치 같은 걸 먹여야 하나?"

이진영이 그 말을 받았다.

"김치는 나도 잘 안 먹는데."

이진영의 말에 전예은이 조그맣게 고개를 끄덕였다가 얼른 덧붙였다.

"아, 그치만 외국인들이 김치를 먹는 걸 보면 왠지 흐뭇하지 않아?"

"……으음. 그 말을 들으니 성진이가 무슨 말을 하려는 건지 조금 알 것 같기도 한데."

그러면서 이진영이 웃는 얼굴로 말을 이었다.

"아하, 그러니까 서양인에게 일부러 매운 걸 먹인다거나 하면서 그 반응을 지켜보는 거지? 아, 홍어 같은 것도 괜찮겠다."

아닙니다.

비슷하지만 다릅니다.

"그들에게 소개하는 건 외국인들도 쉽게 접할 수 있는 거예요. 이를테면 삼겹살 같은 거죠."

"아."

허상윤이 고개를 끄덕였다.

"삼겹살 구이. 그건 확실히 외국인에게도 먹힐 법하지. 고기는 언제나 옳으니까."

그렇게 말한 허상윤은 뒤이어 고개를 갸웃했다.

"그런데 그게 뭐 대단한 거라고 그래? 고작해야 고기를 구워 내는 것에 불과하잖아. 고기를 굽는 문화 자체는 만국 공통이고."

이진영이 고개를 끄덕였다.

"응, 오히려 고기와 관련한 식문화는 서양이 우리보다 앞서지. 삼겹살과 비슷한 거라면 베이컨이 있겠고, 같은 염장 조리 제품으론 스페인의 하몽 같은 것도 있으니."

그러니까, 문화는 어느 하나가 앞서거나 뒤처지거나 하는 개념이 아니라니까.

허상윤이 끼어들었다.

"그렇지. 우리가 고기를 일상적으로 먹게 된 건 사실 그리 오래되진 않았으니까 말이야."

허상윤이 말한바, 한국인들의 외식 메뉴로 고기가 정착한 지는 내가 살았던 전생의 근 미래 기준으로도 불과 3~40년 가량인 만큼, 오래되지 않았다.

하지만 그 누구 못지않게 먹는 것을 좋아하고 거기에 집착하는 한국인들은 이제 냉동 삼겹살의 시대를 지나, 유통 과정의 발전에 힘입어 생삼겹살의 시대로 나아가고 있었다.

허상윤이 말을 이었다.

"뭐, 그야 궁중 요리로 대표되는 한식은 있지만……. 아, 그래, 한식을 대접한다는 개념이라면 성진이가 말한 것과 어느 정도 맞아떨어질 거 같지 않나?"

"그러게. 아, 그렇다면 알 것 같아. 갈비찜이나 불고기 같은 건 외국인도 부담이 없을 거 같은데? 달짝지근한 소스와 곁들인 고기라는 게 먹힐지는 모르겠지만."

"……아니, 그렇지만도 않아. 단 소스에 고기를 곁들인다는 개념 자체는 생소한 게 아니거든."

"그래?"

조금씩, 생각하는 개념이 내 의식과 맞아떨어져 가고 있었지만.

그럼에도 아직 이 시대에 자리 잡고 있는 국수주의적인 원론에서 벗어난 사고는 아니었다.

'백문이 불여일견이랬다고, 이번 설날에 파일럿 프로그램이라도 하나 만들어서 선보여야겠군.'

그 과정도 조금 험난하긴 하겠지만, 이 시대에도 설 특집이라며 외국인에게 한복을 입혀 노래자랑 같은 걸 하곤 하니까.

나는 고개를 저었다.

"프로그램 구성이며 편성은 제가 책임지고 도맡아 하겠습니다. 설날 특집 프로그램으로 편성할 수 있게끔 스케줄을 조율해 보죠."

말을 하고 보니 어째, 이번에도 일거리를 늘려 스스로 무덤을 파고 말았단 생각이 들었다.

'뭐, 시작이 반이랬다고. 최초 가이드라인만 제공해 주면 그 뒤는 알아서들 할 거야.'

나는 이진영을 보았다.

"대신 섭외는 진영이 형에게 부탁드려도 될까요?"

내 말에 이진영은 웃는 얼굴로 고개를 끄덕였다.

"물론이지. 한국에 거주하는 이탈리아인이면 될까?"

"예. 이왕이면 한국어를 할 줄 아는 사람이면 좋겠어요."

한국말을 잘하는 외국인이란 시대를 막론하고 그 자체로 호감을 주는 법이니까.

"알았어, 수배해 볼게."

그다음은.

허상윤이 입을 열었다.

"나는 뭘 하면 될까? 가게에만 집중하면 돼? 어쨌거나 방송 일정을 생각하면 오픈까지 조금 빠듯하긴 하겠군."

"아, 네. 하지만 그뿐만 아니라 상윤이 형도 진영이 형이랑 함께해 주셨으면 하는 일이 있어요."

"뭔데?"

나는 상 위에 놓인 피자를 바라보았다.

"우선, 이탈리아를 재현하는 것에 그치지 않고, 현지화된 방식의 피자를 개발해 주세요."

"……엥."

허상윤이 눈썹을 씰룩였다.

"일정에 맞추랴, 지금부터 메뉴를 개발하랴, 하려면 일정이 빠듯하겠는데."

"아뇨, 어려운 건 아니에요."

"……왜, 김치라도 얹을까?"

뭐래.

"어려운 게 아니에요."

생각 외로, 우리가 정통인 줄 알았던 것들이 있다.

나는 여기 모인 사람들 사이에서 도통 손이 가질 않았던 피자를 손가락으로 가리켰다.

"이를테면 여기 있는 고르곤졸라 피자에 소소한 변화를 주는 거죠."

내 말에 허상윤은 떨떠름한 반응을 보였다.

"흐음, 그러잖아도 메뉴에서 빼 버릴까 하는 생각이긴 한데. ……뭐, 향이 강해 호불호가 있긴 하지만 그게 장점이라고들 하더라고. 그렇다고 거기서 한국인들 취향에 맞춰 어레인지를 해 버리면 정통이랑도 멀어질 테고."

나는 허상윤에게 씩 웃어 보였다.

"그런 게 아니에요. 음, 여기에 꿀을 찍어 먹을 수 있게끔 해 주실 수 있나요?"

"……꿀? Honey?"

"네."

놀랍게도, 이탈리아에선 고르곤졸라 피자에 꿀을 찍어 먹지 않았다.

이 또한 한국만의 방식으로 현지화된 정통의 변화의 하나이리라.

마, 찍먹 모르나, 찍먹!

"꿀? 흐음, 꿀이라. 고르곤졸라 피자를 꿀에 찍어 먹는다?"

한편 허상윤은 머릿속으로 그 조합을 생각하는지 골똘히 생각에 잠겼다가 마지못해 그러듯 고개를 끄덕였다.

"……조금 이상하긴 하지만 뭐, 어렵진 않지. 나쁘지 않을 거 같군. 시도는 해 볼게."

먹어 보고 놀라지나 마라.

그리고.

"또 있어요."

"……또?"

나는 허상윤을 향해 빙긋 웃어 보였다.

"혹시, '맺음이'라고 아세요?"

"……맺음이? 그게 뭔데?"

슬슬.

소셜 네트워크를 통한 바이럴 마케팅을 준비해 볼 때였다.

'맺음이'는 예전 방과 후 교실 사업을 추진하며 만들었던 SNS 프로그램으로 '본래 목적'은 방과 후 교실과 관련한 포트폴리오 관리 용도였다.

그러던 것이 이제는 대학교를 중점으로 인터넷이 확산되면서, 현시점에선 전국 각지의 대학생들 사이에 '소개팅이며 미팅을 중개하는 것에도 효과가 있다'는 내용이 알음알음 퍼져 나가며 그 이용률이 급증해 있었다.

'계정이라고 하는 아이덴티티를 통해 상호 교류하는 시스템인 거지.'

프로필 등록, 이웃 추가, 관심 있는 분야며 사람에게 '맺음'이 가능하며 개인 메시지를 보낼 수 있고, 거기에 채팅 기능까지 완비한 맺음이는 확실히 '예전에는 없던' 것이었다.

눈치 빠른 이들은 여기에 동호회며 학과 계정을 만들어 두고 사람들을 묶었으며, 거기엔 지역, 학연, 취미를 공유하는 사람 간의 네트워크가 형성되어 있었을 뿐만 아니라 이미 '유학생'들이 서로 간에 정보를 공유하는 가상공간으로 활용되기에 이르렀다.

이렇듯 이 시대엔 사뭇 역사적 기념비를 세울 법한 애플리케이션으로 거듭나 있었지만, 아직 인터넷망이 대중적으로 보급되지 않은 현시점에선 '아는 사람만 아는' 정도에 그치고 단순 오락 목적용 소프트웨어로나 쓰이는 수준에서 서비스를 유지해 두고 있었다.

그렇다고 해서 '맺음이'의 가능성이 주목받지 못한단 의미는 결코 아니었다.

당장 넥스트의 대표인 임정주부터가 맺음이에 지대한 관심을 표하면서 인수의 눈독을 들이고 있었고, 이태석 또한 패스파인더 브라우저에 '맺음이'를 어떻게든 이용해 보고 싶단 타진까지 넣어 왔으니.

'안 될 말이지. 황금 알을 낳는 거위를 누구 좋으라고?'

맺음이에 관한 간략한 설명을 들은 세 사람은 멍한 얼굴이었다.

이진영이 먼저 입을 뗐다.

"맺음이, 나도 알고는 있었지만 그걸 이런 방식으로 이용할 거라곤 생각하지 못했는데."

하나, 대학생을 대상으로 알려져 있는 '맺음이'를 이진영이 알고 있었다는 건 나로서도 다소 의외였다.

그는 딱히 컴퓨터로 대표되는 PC 산업 전반에 별다른 흥미를 보이고 있지 않았으므로.

"아세요?"

"응, 물론."

이진영은 빙긋 웃었다.

"성진이 네 말은 맺음이를 통해 이탈리아 유학생들 사이에 시저스 2호점을 알리자는 거지?"

"그렇습니다."

"……그리고 그건 이른바…… '입소문'의 형태를 띠고 사람들 사이에 퍼져 나갈 것이고."

이진영은 그답지 않게 생각난 바를 곧바로 입에 담고 있었지만.

'거기서 곧바로 바이럴 마케팅의 본질을 파악하다니.'

인물은 인물이었다.

한편 허상윤은 고개를 갸웃했다.

"즉, 성진이 말은 인터넷 공간상에 시저스 2호점의 마케팅을 펼치잔 거지? 다만 그게……. 효과가 있을까?"

이 시대에도 이미 PC통신 공간상에 가게를 소개하거나 제품을 알리는 홍보 정도는 존재하고 있었다.

이진영이 미소를 지었다.

"있어. 여기엔 '신용'이 걸려 있거든."

"신용?"

"응. 흔히들 인터넷이며 PC통신은 '익명성'을 통해 불특정 다수를 대한단 인식이 있잖아?"

"으음, 뭐, 그렇지."

"하지만 맺음이의 경우는 달라. 거기엔 자신의 이름과 정체, 소속이 공개되어 있어."

"……그래서 굳이 '입소문'이라고 말한 거군."

"그렇지. 여기서 재밌는 건 어디까지나 다들 '내 친구들'에게나 말할 뿐이라고 생각한단 점이야. 하지만 그 내용은 친구의 친구, 친구의 친구의 친구 등을 타고 내용이 전파되겠지. 그리고 그 내용에 동의하는 사람이 늘어날수록 결과적으론 '입소문' 그 이상의 효과가 나타나게 될 거야."

"……"

그 개념이 나중엔 '인플루언서'의 탄생을 넘어 그들의 '뒷광고' 논란까지 불거지게 만들지만, 그것도 한참 뒤의 이야기가 될 것이다.

허상윤은 침묵 끝에 한숨을 토해 냈다.

"휴우, 어렵다, 어려워."

"그래?"

이진영의 말에 허상윤이 고개를 저었다.

"개념이 어렵다기보단, 시대가 너무 빨리 변하는 것과 그걸 따라잡는 게 어렵단 의미야."

허상윤이 투덜거렸다.

"나도 듣는 귀가 있으니 인터넷이 어떻고 PC통신이 저렇단 이야기는 들어 왔지만, 그게 어떻게 실생활에 접목되는지까진 의아했거든."

이진영이 쓴웃음을 지으며 그 말을 받았다.

"그건 그래. 하지만 성진이는 이미 예전에도 게임을 들여올 때 크라우드 펀딩이란 걸 같이 들여오기도 했어. 나는 솔직히 그것만으로도 대단하단 생각이었는데."

"크라우드 펀딩? 그건 또 뭐냐?"

"음…… 쉽게 말하자면 뜻이 맞는 사람들끼리 돈을 모으는 거야. 다만 그것이 인터넷을 통해 이뤄졌다는 것이 일반적인 경우와는 조금 다르지."

정확히 말해 당시엔 인터넷이 아니라 PC통신상으로 이루어졌지만, 나는.

'스토커냐?'

하고 묻고 싶은 걸 꾹 눌러 참았다.

'별의별 걸 다 아네.'

허상윤은 아직껏 얼떨떨한 얼굴이었다.

"아무튼, 그게 '입소문'의 형태를 띤 마케팅이라고 한다면 이쪽도 그에 상응하는 준비를 해야 한단 거겠군. 그러자면 시저스의 이름을 건 계정을 만들어야 하겠고……."

얼떨떨한 와중에도 허상윤은 자신이 무엇을 해야 할지를 눈치채기 시작했다.

"아, 성진아. 혹시 사진도 업로드되냐?"

오호라.

벌써 거기까지 내다보는 건가?

허나.

"아뇨, 해당 기능은 일부러 배제해 두고 있어요."

"엥, 왜?"

왜긴, 이 시대엔 서버가 감당할 수 없으니까 그렇지.

'그러한 트래픽을 줄이기 위해 플래시가 널리 퍼지기도 했고.'

나는 어깨를 으쓱였다.

"안 그래도 인터넷이 느린데, 이미지 첨부까지 지원하게 될 경우 지금으로선 필요 이상의 트래픽을 감당할 수 없거든요."

사실, 맺음이가 대학생들 위주로 전파되고 있는 건 이 시대의 한계 때문이기도 했다.

아직은 PC 보급률이 일정 수준에 도달하지 않은 것도 물론이거니와, 인터넷 가입과 이용료 부담이 큰 시대였다.

그나마 대학교는 필요에 따라 인터넷 환경을 조성하고 있는 경우가 많았기에, 대학생들은 그들의 대학교에 깔린 회선을 통해 인터넷을 접하는 방식으로 이용하고 있었다.

'그러려고 비싼 등록비를 내는 거 아니겠어?'

허상윤이 고개를 끄덕였다.

"잘은 모르겠지만, 아무튼 안 된다는 거지?"

지금으로서는.

"어쨌거나 그건 제니퍼 누나랑도 이야기를 해 봐야겠군. 아무튼 알았어. 그쪽도 준비해 볼게."

"네, 부탁드릴게요."

허상윤이 픽 웃었다.

"뭐래. 부탁 같은 거 안 해도 경영에 도움이 될 일이라면 당연히 해야지. 즉 맺음이를 통해 입소문을 만들어 두면 방송이 나가기 전까진 홍보가 될 거란 의미고."

뒤이어, 허상윤은 의자에 등을 기대며 중얼거렸다.

"이만하면 일단락되었다고 생각했더니, 계속 바쁘겠는걸."

나는 미소로 그 말을 받았다.

"그럼요, 이제 시작인걸요."

경영자의 세계에 온 것을 환영한다.

그 뒤, 전예은과 나는 시저스 2호점을 나섰다.

운전수인 강이찬은 그런 우리를 뒤따라 나서며 차에 시동을 걸었고, 우리는 자연스럽게 뒷좌석에 올라탔다.

"강이찬 씨, 예은 씨 집으로 가 주세요."

"알겠습니다."

전예은이 나를 보았다.

"바래다주시는 건가요?"

"당연하죠. 업무상 필요에 의한 출장이었으니까요."

"감사드립니다."

전예은은 뒤이어, 웃는 얼굴로 운전석의 강이찬에게 고개를 숙였다.

"강이찬 기사님도, 바래다주셔서 감사드립니다."

"아뇨. 제가 감사받을 일은 아닙니다."

강이찬은 무뚝뚝하게 그 말을 받았지만 그럼에도 전예은이 그에게 굳이 그런 말을 했다는 건, 과묵하고 무슨 생각을 하는지 알기 힘든 강이찬의 내면을 그녀 나름대로 해석했단 의미이기도 했다.

'제법 흥미롭군.'

차가 분당으로 향하는 사이, 나는 전예은을 돌아보았다.

"오늘 어땠습니까?"

"네?"

생각에 잠겨 있던 전예은은 멈칫하더니 이내 자연스럽게 내 말을 받았다.

"넵, 오늘 하루, 저로서도 많은 것을 배웠습니다. 이후로도 바빠질 것 같은데, 최대한 도움을 드릴 수 있도록 노력하겠습니다."

"예. 앞으론 예은 씨도 종종 저와 동행할 일이 생길 거예요. 예은 씨는 제 곁에서 들은 정보를 취합해서 모쪼록 '의사

결정'에 도움이 되는 방향으로 조언을 해 주시면 됩니다."

전예은은 말없이 고개를 끄덕이곤 무슨 말인가 입 밖에 꺼내려다가 창밖으로 시선을 돌렸다.

'사견을 입에 담기 전 강이찬을 의식하고 입을 다문 건가.'

잠시 후, 전예은이 공손한 말씨로 '무해한' 이야기를 꺼냈다.

"오늘 맛 본 이탈리아 피자라는 거, 무척 맛있었어요."

"그렇습니까?"

나는 묵묵히 차를 모는 강이찬을 힐끗 쳐다보았고, 전예은은 그런 나를 의식하면서 말을 이었다.

"네, 이탈리아인뿐만 아니라 다들 좋아해 주실 거라고 생각해요. 사실 처음에는 끄트머리 부분이 거뭇거뭇해서 태운 걸까, 하고 생각했는데 그건 그것 나름의 풍미가 있었고요."

나는 빙긋 웃어 보였다.

"불맛이군요."

"예? 불······맛?"

조금 그슬리고 탄 음식물의 향과 맛을 근 미래엔 불맛이라고 표현했다.

이 오묘한 맛을 나중에는 인공적으로 목초액까지 넣어 가며 만들어 낼 지경에 이르지만.

"재밌는 표현이네요. 불맛. 불이 만들어 낸 맛이라······. 그건 제가 맛본 피자가 화덕으로 구워 낸 직화 방식의 조리

여서 그런 거겠죠?"

"낯설지는 않았습니까?"

"아뇨, 과하지 않아서 좋았어요. 음, 잘하면 마케팅에도 쓸 수 있을 것 같은걸요."

하긴, 그것도 마케팅하기 나름이니까.

"기억해 두죠."

"네. 조리상의 실수가 아닌, 이탈리아에서 '이 정도는 당연한 것'이라고 방송에서 소개하면 좋을 것 같아요."

"한국인들도 좋아할까요?"

"네. 아, 그러고 보니 사장님께서 말씀하신 '고르곤졸라 피자에 꿀을 찍어 먹는다'는 건 어떤 맛이 날지, 저도 궁금해요."

그러면서 전예은이 어색하게 웃어 보였다.

"사실, 저한테는 치즈 향이 조금, 강했거든요."

"그러셨군요. 알겠습니다, 조만간 기회를 봐서 재방문하도록 하죠."

"네!"

그러면서 전예은은 주머니에서 메모지를 꺼내 끼적거리더니 볼펜 끝으로 볼을 톡톡 두드렸다.

"으음, 그러고 보니깐 갑자기 일정이 늘어났네요. 통통 프로덕션에도 말씀하신 신규 방송 기획안을 제출해야 할 테고, 게다가 설날에 방송을 내보내려면 최소 2주 전까지는 촬영에 들어가야 할 테니까요. 섭외는 일찍 가능할까요?"

"그건 일정이 잡히는 대로 진영 형님에게 부탁드려 보죠."

일부러 이진영의 이름을 언급했음에도 강이찬의 얼굴엔 미동조차 없었다.

"네, 다음은······."

그렇게 간략한 업무 분담을 약식으로 주고받는 사이, 강이찬이 모는 차는 전예은이 사는 빌라 인근까지 왔다.

"어머, 생각보다 일찍 도착했네요."

전예은은 그녀답지 않게 당황하는 모습을 보이며 들으란 듯, 혹은 혼잣말처럼도 들리는 크기로 중얼거렸다.

"시간이 급해서, 조금 더 이야기를 했으면 싶었는데······."

전예은이 차창 밖을 힐끗 쳐다보았다.

"관련해서 괜찮으시다면 잠시······ 저희 집에서 남은 논의를 해 보는 건 어떨까요?"

전예은은 앞 좌석에 시선을 주지도 않은 채 말을 덧붙였다.

"마침 빌라 관리와 관련해서도 드릴 말씀이 있어서요. 사장님만 괜찮으시다면······."

역시, 그녀는 강이찬이 이진영과 관계자임을 꿰뚫어 본 듯했다.

"좋습니다. 그러시죠, 그럼."

전예은은 내게 희미한 미소를 지어 보인 뒤, 그 희미했던 미소를 조금 더 짙게 바꿔 강이찬에게 말했다.

"번거롭게 해 드려서 죄송합니다. 일찍 끝낼 수 있도록 하겠습니다."

"아닙니다."

강이찬은 묵묵히 대꾸했고, 우리는 때맞춰 부드럽게 멈춘 차에서 내렸다.

"강이찬 기사님, 바래다주셔서 감사드립니다."

"아닙니다."

나도 강이찬에게 말을 붙였다.

"일찍 마치겠습니다."

"예."

강이찬은 고개를 돌려 짧게 숙여 보인 뒤, 빌라와 접한 주차장으로 천천히 차를 몰았다.

"자, 그러면."

나는 멀어지는 차를 보며 입을 뗐다.

"댁에서 오늘 있었던 이야기를 나눠 볼까요?"

전예은은 입을 꾹 다문 채 고개를 끄덕였다.

2장

전예은은 1층 현관 앞에 서서 열쇠를 꺼내 철컥, 문을 열었다가 무슨 생각에서인지 재빨리 뒤돌아섰다.

"아, 저기, 사장님, 잠시만 기다려 주시겠어요?"

"예?"

그 바람에 자연스럽게 뒤따라 들어가려던 나는 발걸음을 멈췄다.

"아, 예. 그러시죠."

"네, 잠시만요! 잠시만 기다려 주세요!"

전예은은 집으로 황급히 쏙 들어가더니 문을 닫았다.

'……하긴, 어찌 보면 사춘기 여자애 혼자 사는 집에 불쑥 방문하고 만 모양새니까.'

그래도 아직 고작해야 초등학생에 불과한 나를 신경 쓰는 그 모습은 다소 의아했다.

'나를 상대로 내외라도 하는 건 아닐 테고…… 뭐, 전예은은 지금껏 개인 방은커녕 고아원에서 단체 생활을 해 왔으니, 그 점에서 당황한 것이겠지.'

원래 사춘기의 심리 상태라는 건 논리적이지 않은 법이다.

'특히나 그 시기 여자애들의 사고라는 건 더더욱.'

전생에도 당시, 사춘기에 들어선 한성아를 보며 그들의 행동 방식 전반에 관하여 이해하길 포기했던 나였다.

잠시 후, 현관문이 벌컥 열리며 전예은이 아무렇지도 않은 듯한 얼굴로 나를 반겼다.

"오래 기다리셨죠?"

"아뇨."

"누가 올 줄 몰라서 조금 엉망이지만, 들어오세요."

저번, 전예은에게 집을 구해다 주었을 때 이후 첫 방문이었다.

'엉망은커녕, 아무것도 없단 것에 가까운데?'

전예은이 살고 있는 30평대 신축 빌라는 여자애 혼자 살기엔 휑하고 넓어 보였다.

아직 입주한 지 오래되지 않아서일까, 그 살풍경한 모습에는 전예은의 개인적 취향 같은 것이 끼어들 여지가 없어 보였고, 그나마 내가 겸사겸사 넣어다 준 TV며 각종 가전제품이 빈자리를 메우고 있었다.

전예은은 거실에 놓인 탁자에 방석을 두곤 부엌으로 향하는 어귀에 서서 말을 붙였다.

"저, 커피라도 끓일까요?"

"아뇨, 그러실 필요는 없습니다."

필요에 의해 사양하긴 했지만, 사실, 이번 생에서 나는 되도록 커피를 마시지 않게끔 주의를 기울이던 차였다.

홍차며 녹차에는 별다른 증세가 없었지만 이상하게도 유독 커피만 마셨다 하면 사고가 필요 이상으로 가속화하고 감정마저 쓸데없이 고양되었던 터라, 공연한 실수가 나올까 저어되었던 까닭이었다.

처음, 이태원에 있던 시저스에서 오성환이 타 준 커피를 마시고 이상함을 느꼈던 것이 자사의 커피 브랜드를 준비하는 과정에서 확신으로 굳었다.

'그렇다고 카페인 때문은 아닌 것 같고. 희한하단 말이야.'

나는 내 사양이 어색한 침묵을 불러오기 전 먼저 말을 건넸다.

"앉으시죠."

"아…… 네."

그러면서 전예은은 내 맞은편 맨바닥에 얌전히 자리를 잡았다.

'방석이 하나뿐이라니, 찾아오는 손님도 없는 건가.'

아직 그럴 만한 여유가 없었던 것이거나, 아니면 정말로 아무도 없는 곳에서 혼자 지내는 게 편안하거나.

나는 집주인에게 방석을 양보할까, 생각하다가 그녀의 배려를 받기로 했다.

"생활에 불편함은 없으신가요?"

"네? 아, 네. 사장님께서 배려해 주신 덕분입니다. 아주 쾌적하게 지내고 있어요."

그런 것치곤 엄청나게 살풍경한데.

'이렇다 할 생활의 흔적조차 보이질 않는걸.'

매물 모델로 내놓은 집도 이 정도는 아닐 거다.

그야, 나를 집에 들이기 전에 뭔가 부랴부랴 치우는 모양이긴 했다만.

'빨래라도 걷은 모양이지.'

나도 이 이상은 예의가 아닌 듯해서, 관련해 더 이상 파고들지 않기로 했다.

"혹여라도 필요한 게 있다면 말씀해 주세요. 빌라 관리 차원에서든 아니든, 저도 내년쯤 입주 예정이니 참조하겠습니다."

"네!"

"그럼."

나는 어조를 고쳐 본론으로 들어갔다.

"예은 씨의 인물평을 듣고 싶군요."

내 말에 전예은은 진지한 얼굴로 고개를 끄덕였다.

"예."

카모플라주에 능한 그녀는 일부러 말을 아껴 왔고, 나름 영특한 모습을 보이는 와중에도 본심을 온전히 드러내지 않고 있었다.

강이찬 앞에서도 일부러 업무 관련한 이야기를 꺼내며 자연스럽게 여지를 남겨 둔 채, 내가 그녀를 시저스로 안내했던 의도를 파악해 내고 단둘만 있을 수 있는 곳으로 나를 안내했을 정도이니까.

전예은이 입을 열었다.

"사장님께서 저를 시저스 2호점으로 안내하신 건, 신은수 씨, 허상윤 씨, 이진영 씨, 그리고 그중 한 사람과 연결 고리가 있는 강이찬 씨에 관해서 제 의견을 여쭙고자 하셨던 거겠죠."

개중에 신은수가 끼어 있다는 건 조금 의외였지만, 그녀가 신은수를 언급한 것엔 나름의 까닭이 있는 모양이어서 나는 고개를 끄덕였다.

"그렇습니다."

전예은은 탁자 위에서 손가락을 꼼지락거리다가 양손을 탁자 밑으로 쑥 내렸다.

"말씀드리기에 앞서, 사장님께 양해를 드릴 것이 있어요."

"무엇입니까?"

"네, 저어, 이걸 어떻게 표현해야 할지 생각했습니다만, 먼저 짚고 넘어가야 할 것 같아서요."

전예은은 우물쭈물하며 말을 이었다.

"저, 신은수 씨를 보면서, 사장님께 느꼈던 것과 유사한 감각을 느꼈어요."

"……저랑 유사한?"

"아, 저, 완전히 똑같았단 건 아니에요. 그러니까, 신은수 씨가 가지고 있는 개성이며 그분이 어떠하단 생각은 들었지 만…… 가능성의 측면에서 사장님과 마찬가지로 무척 희미 하게, 그 앞이 보이질 않았단 의미예요."

언뜻 들어선 신은수의 특별함은 이해하기 어려웠지만.

나는 그 말에서 한 가지 가설을 떠올렸다.

'어쩌면, 신은수는 원래라면 삼풍백화점에서 죽었어야 할 운명이었나.'

그걸 두고 운명, 운운하는 것은 조심스럽지만.

그녀에게 현시점에서 생존해 있는 신은수는 그 존재 자체 로 변수였을지 모른다.

전예은이 고개를 저었다.

"저도 이런 경우는 처음이어서, 어떻단 말씀을 드리기 어 려워요. 사실 사장님 같은 분을 뵌 것도 처음이었고, 사장님 과 인연이 닿은 분은 대부분 이따금 관련한 감상이 헝클어지 곤 했거든요."

말인 즉슨.

'데이터가 부족하단 거겠지. 지금껏 그녀가 만나 온 사람이라곤 고아원 반경 내의 인물이거나 이따금 외출 시에 만나 본 사람이 고작이었을 테니까.'

더욱이 그녀는 '원래 역사'가 어떠했는지는 모른다.

나조차도 확신할 수는 없는 요소이지만, 정황 근거상 전생의 신은수는 삼풍백화점 붕괴 당시 유명을 달리했으리라.

전예은 안에서, 신은수와 관련한 변수란 그녀 나름의 해석에 의해 변동하는 모양이었다.

'억측일지도 모르지만, 나 역시도 한 번 죽었다 살아난 몸이나 마찬가지니. 내가 그녀의 예측 범위 바깥의 존재인 건 그런 연유일지도 몰라.'

그렇다고 해서 그녀 앞에 내 능력을 밝히는 건 하책일 것이다.

나는 그 말에 고개를 끄덕였다.

"그래도 신은수 씨는 성실하고 밝은, 무탈한 사람이죠. 그렇지 않습니까?"

"네, 물론이에요. 신은수 씨와 관련해 가능성의 측면에선 사장님과 '유사'하단 느낌을 받았지만, 그건 어디까지나 제가 읽어 낼 수 없는 것이란 공통 요소에서 기인했던 것이거든요. 그 외에는 밝고 성실한 분이란 사장님의 감상에 동의하고 있어요."

전예은이 고개를 갸웃했다.

"으음, 그 외에 또 달리 말씀드리자면 사물을 추상화하는 감각과 손재주가 뛰어난 편이고요."

거기까지 읽어 낸 점엔 나도 조금 놀랐다.

시저스의 메뉴판에 곁들인 아기자기한 일러스트는 모두 신은수의 손끝에서 나온 것이고, 그게 지금 와서는 전통 아닌 전통으로 굳어져 시저스 2호점의 메뉴판에도 정착해 있었다.

나는 그녀에게 놀란 내색을 하지 않으며 미소를 던졌다.

"거기까지 읽어 내신 모양이군요. 예은 씨가 보신 시저스의 메뉴판 그림은 모두 신은수 씨의 작품이거든요."

"그랬군요……. 어쩐지, 그런 느낌이 났어요."

"그랬습니까?"

"네, 사장님의 말씀을 듣고서 비로소 확신하게 됐지만요."

앞서 공가희의 경우에서 '그렇지 않을까' 하는 생각은 들었지만, 그녀의 능력은 관념이나 사물에도 적용되는 모양이었다.

관련해 몇 가지 검증해 보고 싶은 것이 있었지만, 본론과는 거리가 머니, 잠시 미뤄 두기로 하자.

"상윤이 형은 어떻습니까?"

"아, 허상윤 씨는……."

본인 앞에선 스스럼없이 이름을 불러 왔지만 내 앞에선 그

러지 않는 걸 보니, 그 스스럼없는 태도도 그녀의 연기였을
뿐, 천성은 아닌 듯했다.

전예은이 쓴웃음을 지으며 말을 이었다.

"……외강내강이라고 해야 할까요?"

"외강내강?"

"네. 허상윤 씨는 자부심이 강하고, 그 자부심에 걸맞은
능력도 갖추고 있어요. 자신이 흥미가 있다고 판단한 분야에
는 빈틈없이 파고드는 성격이기도 하죠. 하지만 그 탓에 자
칫 독선과 아집의 영역으로 옮겨 가기 쉽고, 그 탄탄한 자부
심 탓에 일견 거만하다고 느낄 만한 모습도 있어요."

전예은이 평가한 허상윤은 그가 재작년 호텔에서 내게 보
여 준 모습 그대로였다.

"하지만 그 스스로 인정한 대상에 대해서는 상대의 지위고
하를 막론하고 존중하는 모습을 보여 줘요. 달리 말하면 그
상대의 지위고하를 막론하고 그 스스로 내키지 않는다면 아
랑곳하지 않는 모습을 보여 준단 의미지만요."

흐음.

즉, 전예은의 말에 의하면, 허상윤이 호텔에서 있었던 뒤
나와 재회했을 때 보여 준 모습은, 그가 어쨌건 나를 인정했
기에 나온 모습이란 건가.

'당시만 하더라도 이진영의 중재가 있어서……라고 생각
했지만 그렇지만도 않았군.'

그래서 외강내강이라는 건가.

제법 적절한 표현이었다.

"또, 허상윤 씨는 그런 자부심에 걸맞은 능력을 갖추고 있으니 조금 방향만 잡아 준다면 무난하게 승승장구하겠죠."

실제로 전생의 허상윤은 신화식품을 전신으로 둔 SH푸드를 통해 제법 승승장구했다.

그럼에도 그가 '대성'의 경지까지 이르지 못한 건, 자신의 분야에선 타협하지 않으려는 성질머리 때문일 것이고.

전예은의 말에 납득하는 와중, 한 가지 의문이 들었다.

"그러면 상윤이 형이 예은 씨에게 보인 비교적 스스럼없는 모습은 예은 씨를 인정했단 의미인가요?"

전예은이 그 앞에서 제법 영리한 모습을 보여 준 것도 사실이지만, 고작해야 초면이고.

내 말에 전예은은 어색해하며 볼을 긁적였다.

"저어, 그 부분은 조금 말씀드리기 조심스러운데요…….
그냥 넘어가 주시면 안 될까요?"

왠지, 내가 파악한 그녀답지 않은 반응이 다소 의아했다.

"네? 왜죠?"

"……."

"앞으로 있을 일에 참고로 삼을까 해서요."

"……그."

"걱정 마세요. 비밀은 지켜 드리겠습니다."

내 말에 전예은은 한숨을 내쉬더니 우물쭈물하며 대답했다.

"저어기, 그게, 허상윤 씨는 제게 이성적인 호감을 조금, 갖고 계셔서……."

"……아."

그런 거였군. 그런 거라면 내가 터치할 수 있는 영역이 아니었다.

나는 고개를 꾸벅 숙였다.

"죄송합니다, 공연한 걸 물었군요."

"아, 아뇨, 괜찮아요. 그렇게 짙은 건 아니고, 또 처음 있는 일도 아니니까요."

뭐, 피차 동갑내기고, 이성에 관한 호기심이 왕성할 나이니까.

그나저나.

"처음 있는 일이 아니라고요?"

"네? 아, 네. 종종 느낄 때가 있어요."

전예은은 내가 새삼스러운 걸 묻는다는 듯 태연하게 대꾸했다.

'스스로 제법 인기 있다는 걸 자각하며 사는군요, 하고 조금 놀려 주려고 했더니. 그것도 안 통하겠군.'

하긴, 전예은이 가진 능력이라면 그런 면에선 퍽 노골적이겠다.

그쯤 하니 필요하지 않으면 사람과 부대끼지 않으려는 그녀의 천성도 조금 이해됐다.

'이해는 하되 공감은 할 수 없겠지만, 어쨌건 제법 피곤하겠어.'

그런 의미에서, 어떻게 보면 다소 역설적인 이야기이지만.

문득, 그녀는 나를 편안하게 느끼고 있을지도 모르겠단 생각이 들었다.

'아니, 정확힌 불안 반, 안도 반, 정도려나.'

나는 말이 나온 김에 자연스럽게 말을 꺼냈다.

"진영이 형은요?"

그 말이 나오자마자 전예은의 표정이 딱딱하게 굳었다.

"그분은."

전예은이 조심스럽게 입을 뗐다.

"어떻게 말씀드려야 할지 잘 모르겠어요."

"……무슨 의미입니까?"

전예은은 그녀가 평가한 이진영에 관해 언급하길 꺼리는 듯 주저하면서 내 말을 받았다.

"이진영 씨는 일반적인 경우와는 조금 다르거든요."

"……."

"그분은 언뜻 보기엔 남들에게 친절하며 신사적이지만, 속내는 무척 냉정하고 계산적이죠. 야망도 무척 큰 사람이에요."

그 정도는 나도 이진영을 보며 파악한 바였다.

'전생에도 그러했고.'

그는 삼광물산의 사장이자 당숙인 이태환의 장남으로, 전생의 그는 삼광물산을 이용해 삼광 그룹에 영향력을 행사하려는 시도를 거듭해 왔다.

당초 이진영이 삼광물산을 집어삼킨 과정도 사뭇 흥미로웠다.

비록 그가 삼광물산의 사장인 이태환의 직계라곤 하나, 전생 당시만 하더라도 이태환을 비롯한 '방계(엄밀히 따지면 그들이 직계고 이휘철이며 이태석이 방계이나, 역학적 차원에선 그러했단 의미다)'에겐 승계 구도상의 구실이며 명분이 약했다.

삼광물산 대표라고 하는 이태환의 직위는 어디까지나 맨땅에서 삼광 그룹을 일으켜 세운 이휘철의 '은혜'였을 뿐, 이태환으로 하여금 그 자식에게까지 그 권력이 승계되는 건 결코 당연한 이야기가 아니었다.

그래서 이휘철의 사후, 그리고 시간이 흘러 이태환이 은퇴를 내다보는 시점에 이르러 삼광물산은 이씨 가문이 아닌 CEO를 앉혀야 하지 않겠느냔 논의가 한창이었다.

거기서 나타난 것이, 당시 이른 나이에 삼광물산의 임원으로 재직 중이던 이진영이었다.

이진영은 그가 대학교를 졸업하며 사회 초년생 시절을 삼광물산에서 보냈으며, 그 과정은 낙하산이 아닌 공채를 통해 이루어졌다.

삼광물산의 밑바닥에서 '물산맨'으로 승승장구한 그는 차근차근 전철을 밟아 나갔다.

그 과정은 조급하지 않았고, 야금야금 물밑 작업과 겸해 이루어졌으며, 이태석 또한 그를 두고 '싹수가 있다'는 평—주로 이성진과 비교해 가며—을 내렸는데, 그 모습에서 그가 품은 저의를 파악한 이는 '거의 없다시피' 했다.

'거의 없다, 는 건 한둘쯤 있었단 의미이기도 하지.'

의외로, 이진영의 행보에 '그럴 줄 알았다'며 고개를 끄덕인 사람들 중 하나는 개망나니인 이성진이었다.

「뻔하지. 안 그러면 뭐 때문에 그런 개고생을 했겠어?」

나는 그 말을 들으면서 사후약방문, 어디까지나 이진영을 향한 이성진의 냉소와 사심, 개인적인 감정이 깃든 것에 불과하단 생각을 하고 있었지만.

「이게 끝일 리도 없고.」

다만, 뒤이은 말은 그 후, 실제로 이뤄졌다.

사회 초년생 시절부터 삼광물산에 몸담으며 '자력으로' 임원까지 올라선 이진영의 취임을 반대하는 사람은 없었다.

이진영은 주주총회의 의결을 통해 CEO의 자리로 올라섰고, 이후 삼광 그룹을 통제하던 이태석이 쓰러지자마자 야욕을 드러내기 시작했다.

삼광 그룹 매출의 대부분을 차지하고 있던 삼광전자가 의사 결정권자인 이태석의 부재로 혼란스러워진 틈을 타, 이진영은 하나둘 물밑 포섭에 들어가며 이성진을 압박해 나갔다.

'그리고 그 과정에 이성진의 암살이 있었다⋯⋯는 거지.'

이진영은 이성진의 죽음으로 이득을 볼 수 있는 인물 중 하나였다.

이성진만 사라진다면, 그가 삼광 그룹을 집어삼키는 것엔 이성진의 동생이자 남은 직계인 이희진이란 걸림돌만 남게 될 터.

'하지만 이번 생엔 어딘지 달라.'

이번 생의 이진영은 지난번 서로 여간해선 상종하지 않던 이성진과의 관계에 적극적으로 개입하며 변화를 꾀하고 있었다.

'어쩌면 이휘철이 그 형님이자 이진영의 조부인 이휘찬을 독립운동 유공자로서 발표한 것과 무관하지 않은 걸지도 모르지.'

그로 인해 명분이 생겼으니, 앞으론 관련해 '개고생'을 할 필요가 없어졌으니까.

'그렇다곤 하나, 이진영이 내게 접근한 꿍꿍이만큼은 까닭

을 모르겠군.'

내가 파악한 이진영의 됨됨이라면, 전생에 그러했던 것처럼 발톱을 감추고 있다가 때가 왔을 때 몸을 일으켜야 할 것이다.

오히려 지금 그가 나와 접촉하고 있는 건 공연한 시간 낭비며 불필요한 일에 지나지 않았다.

'자동차에 운전기사까지 선물해 가며 자신의 세계에 나를 끌어들이려는 느낌이었지.'

그것이 과연 이진영에겐 플러스 요인이 될 만한 일일까?

그런 연유로 나는 없는 구실을 만들어 가며 전예은을 대동했던 것인데.

'그런 전예은의 능력에도 나와 연관한 인물상이 보이질 않는단 맹점이 있지.'

더군다나.

'남들에게 친절하며 신사적이지만, 속내는 무척 냉정하고 계산적'이라는 평가 자체는 비교적 보편적인 내용이었다.

'그 내용 자체는 당장 이태석에게 들이밀어도 통용될 만한 이야기야. 내 입으로 말하긴 뭣하지만, 나도 그런 면이 없잖아 있고.'

하지만 전예은이 구태여 그런 뻔한 이야기를 늘어놓았다는 건, 다른 연유가 있을 것이다.

'심지어 경계하는 기색마저 느껴졌으니.'

나는 고개를 끄덕였다.

"저도 알 것 같습니다만, 아까 말씀하신 '일반적인 경우와 다르다'는 건 무슨 의미입니까?"

전예은은 물끄러미 빈 탁자를 바라보다가 천천히 고개를 들었다.

"예, 제가 보기로 그분에게선 다른 사람들과 달리 감정……이라고 할 만한 것이 도통 느껴지질 않았어요."

"……흐음."

"아, 사장님과는 달라요. 사장님의 경우는 제 능력이 적용되지 않는 것이지만, 이진영 씨는 그것만 도려낸 것처럼 배제되어 있단 감각이죠. 좀 더 정확히는 감정의 기준점이 남들과 다르다고 볼 수 있겠네요."

전예은이 말을 이었다.

"그분이 다른 사람을 대하는 관점은 어디까지나 이용 가치의 유무예요. 그건 사뭇 친밀해 보이던 허상윤 씨도 다르지 않죠. 저를 향한 관점 역시도 마찬가지고요."

"……."

거기까지도, 어느 정도 예상하고 있었다.

"다만 그것을 내색하지는 않아요. 심지어는 그분 스스로도 자신이 어떻다는 것과 남들과 다르단 걸 자각하고 있고요."

"자각하고 있다?"

"네. 이진영 씨의 경우, 그분 마음속에는 불만 붙이면 펑

하고 터져 버릴 폭탄처럼 위험한 충동이 잠재되어 있죠. 다만 그것을 몇 겹인가 포장을 씌워 아무 일도 없는 양 보이고 있을 뿐이에요."

"……"

"그분이 그어 놓은 마음속 빗금의 선을 넘지만 않는다면, 그리고 그분 스스로가 생각하기에 이용 가치가 있다는 판단이 선다면…… 일부러 해를 끼치지는 않을 겁니다. 실제로 상호 간에 이해관계가 맞아떨어지는 경우라면 도움이 될 거란 것도 분명하고요."

전예은이 한숨을 내쉬었다.

"솔직히 말씀드리면 이진영 씨를 경계할 필요는 있어요. 하지만 그렇다고 해서 의도적으로 거리를 두면, 그 자체도 문제가 되겠죠. 눈치가 빠른 분이니까요."

나는 잠시 생각하다가 그 말을 받았다.

"그러면, 지금은 그 '상호 이해관계'가 맞아떨어졌기에 우리와 행동을 함께하고 있단 겁니까?"

전예은은 고개를 끄덕이려다가, 고개를 갸웃했다.

"……아마도요."

"아마도?"

어정쩡한 대답이었다.

"네. 이진영 씨는 허상윤 씨처럼 요식업에 흥미가 있다거나 하진 않아요. 무언가에 흥미가 있고, 그러한 흥미 본위로

저희와 함께하곤 있으나, 저는 그 '흥미'라는 것이 무엇인지
는……."

나는 고개를 끄덕였다.

"그렇다면 그 흥미란 것엔 아마도 저랑 관계가 있을 것 같
군요."

전예은은 조심스럽게 고개를 끄덕였다.

"네, 어쩌면요."

다만 그것도 어디까지나 외적 요인에 빗대 추정한 '정황
근거'일 뿐이었다.

'전예은의 능력이라는 건 나와 연관된 요소에선 배제된다
는 맹점이 있는 것이니까.'

전예은의 관점이라는 건 나를 중심으로 두고 보았을 때 마
치 지뢰찾기 게임처럼 주변의 정황 근거에 빗대 추정하는 것
이 될 터였고.

그러한 시선에서 이진영의 행동 동기가 읽히지 않는다는
건, 그 이해관계라는 것과 내 입장이 맞아떨어진 상황이라는
의미일 것이다.

'내 어디가 그렇게 흥미롭단 건지 모르겠는데…….'

나는 탁자에 턱을 괴었다.

"저에게 무슨 흥미가 있단 건지 모르겠군요. 뭐, 그야 이용
가치는 나름 있을 수 있겠지만, 요식업을 제외하면 제가 진
영이 형한테 당장 이득이 될 만한 요소는 딱히 없을 텐데요."

전예은이 희미한 미소를 띤 채 말을 이었다.

"그야, 사장님은 무척 눈길이 가는 분이니까요."

"예?"

"……"

"……"

짧은 침묵 끝에 전예은이 황급히 말을 덧붙였다.

"아, 저, 그, 오해는 마세요, 그러니까, 어, 음, 지표만 놓고 보았을 때 그렇단 의미니까요. 네, 초등학생의 나이에 사장님 같은 위치에 오르기란 쉽지 않은 이야기잖아요?"

하긴, 제3자의 입장에서 놓고 보았을 때, 이번 생의 나는 제법 흥미로운 존재였다.

전생의 기억을 갖고 있는, 40대 중년의 알맹이를 품고 있는 초등학생.

그리고 사업가로서 승승장구하고 있는 그 초등학생의 행보와 족적이 흥미를 유발하지 않는단 생각이야말로, 자의식 과잉이다.

'그러니 소 닭 보듯 하던 전생과 달리, 이번 생에서는 이성진을 향한 접근 방식을 달리하고 있는 모양이로군.'

전예은이 말을 이었다.

"그러니 장기적인 관점에서 보았을 때, 사장님과 친해져서 나쁠 것은 없단 판단일지도 모르겠어요."

나는 고개를 끄덕였다.

"알 것도 같군요. 그러면 예은 씨는 어떻습니까?"

"네?"

내 말을 받은 전예은은 화들짝 놀라더니 횡설수설하기 시작했다.

"아, 저는, 어, 음, 그러니까, 저도 방금 말씀드렸다시피 사장님께 눈길이 간다는 의미를 오해가 없도록 말씀드리자면 어디까지나 고용주로서 존경하고 있으며……."

뭐래.

"저는 진영이 형님이 예은 씨를 보는 관점을 물은 건데요."

"아."

이따금, 전예은은 능력에 의존해서 그런 건지, 나한테만큼은 핀트가 어긋난 헛소리를 하곤 하는 모양이었다.

이번엔 주어를 생략하고 만 내 잘못도 있는 것 같지만.

전예은은 흠, 흠, 하고 헛기침을 하더니, 다시금 표정을 진지하게 고쳐 내 말을 받았다.

"……저는 그분께 조금, 경계를 받고 있어요."

"경계?"

"말로 풀이하자면, '저 녀석은 대체 뭐지' 하는 시선을 받았어요. 그분은 제가 누구인지, 비서로 재직 전에는 무엇을 하고 있었고 또 어디서 만났는지 알고 계시니까요. 그런 이진영 씨에게 저란 존재는 다소 급작스럽겠죠."

"흠."

생각해 보면, 이진영은 전예은을 요한의 집에서 만났다는 걸 정확히 기억하고 있었다.

그러니 그로서는 내가 고아원 출신의 전예은을 중용하는 듯 보이는 것이 의아했으리라.

전예은이 조심스레, 내 눈치를 살피며 말을 이었다.

"그리고 그…… 경계 끝엔 혹시 사장님께서 저를 개인적인 감정을 담아 보는 건 아닌가, 하는 오해도 있었고요."

"개인적인 감정?"

"저어, 이를테면, 그, 연심이라거나."

"……."

"어, 음, 어디까지나 그분의 생각이고, 오해일 뿐이란 의미예요. 그조차도 그분은 그러려니 생각하고 마는 입장이긴 하지만요."

전예은은 '그분'과 '오해'라는 말에 힘주어 말했다.

거참.

그래 봬도 어쨌건 사고 수준이 아직 애라는 건가.

'그렇다고 내가 입을 열어 해명하는 것도 우스운 일이고, 밝힐 수도 없는 내용이지. 이진영한테는 불필요한 오해가 없게끔 단서를 던져 줘야겠군.'

이를테면 강이찬을 통해서.

나는 빙긋 웃으며 입을 열었다.

"운전기사인 강이찬 씨는 어떻습니까?"

전예은의 집을 나선 뒤, 나는 강이찬이 대기하고 있는 차로 다가갔다.

빌라 현관의 자동 감시등에 깜빡 불이 들어왔던 덕인지, 내가 차로 다가갈 즈음해서 강이찬은 일치감치 차에 시동을 걸어 두고 대기 중이었다.

나는 뒷좌석에 올라타며 강이찬에게 미소 띤 얼굴로 말을 건넸다.

"죄송합니다. 조금 늦었죠?"

강이찬은 조수석에 읽고 있던 책을 놓았다.

"아닙니다. 댁으로 모실까요?"

"네, 부탁드리죠. 오늘 하루 수고하셨습니다."

강이찬은 다시금 '아닙니다' 하고 말하려다 말고 무뚝뚝한 얼굴로 부드럽게 차를 몰았다.

나는 서류를 들여다보는 척을 하며 힐끗, 운전석의 강이찬을 살폈다.

'강단이 있고 충성스러운 인물이지만, 어쨌건 이진영과 유착 관계가 있단 거지.'

나로서는 적과의 동침을 자청하는 셈이었지만.

한편으론 전예은 덕분에 어림하던 것을 행동에 옮길 수 있게 되었다.

'자, 그러면 하나씩 생각하던 걸 행동에 옮겨 보도록 할까.'

나는 읽고 있던 서류를 내려놓으며 강이찬에게 말을 붙였다.

"강이찬 씨."

"예, 사장님."

"제 스케줄에 맞추시려니 힘들지는 않나요?"

강이찬은 백미러를 통해 나를 힐끗 쳐다보더니 차분한 저음으로 대답했다.

"그렇지 않습니다."

"그래요? 저로선 강이찬 씨 혼자 대기하는 시간이 많아서 힘드실 거 같은데요."

"아닙니다. 오히려 대기하는 동안 개인 일과 시간이 많아서 만족하고 있습니다."

그는 내가 다소 '개인적인' 이야기를 물었음에도 정중하게 말을 받았다.

'그럼에도 다소 선을 긋는 듯한 모습은 있단 말이지.'

나는 미소 띤 얼굴로 입을 뗐다.

"다행이네요. 들으니 적성에 맞지 않으면 그 대기 시간 동안 생기는 기다림을 견디기 힘들어하시는 분도 계시다고 들었거든요."

그러면서 덧붙였다.

"제 친구 중에도 아버지가 운전기사로 재직 중이신 분이 계셔서요."

"아버님의 운전기사이신 한익태 씨 말씀이군요."

"네."

거침없이 대답하는 걸 보니 둘은 수행기사 간에 어느 정도 안면을 터놓긴 한 모양이었다.

나도 한성진이던 시절, 이태석의 운전기사였던 아버지 한익태를 통해 개인에 고용된 운전기사로서 수행 기사의 스케줄이 어떻더란 이야기는 대강 파악하고 있었다.

'내 앞에서 대놓고 말씀하진 않으셨지만.'

개중엔 직권을 넘어 개인적인 심부름꾼 역할을 시키는 치도 있었고, 계약직 형태로 묶어 두며 초과 근무 수당을 지급하지 않는 부당한 사례도 있었지만.

이태석의 경우는 그런 갑질을 일삼지는 않았다.

'고용주가 그 이태석이다 보니 바쁘긴 무척 바빴지.'

오히려 이태석의 바쁜 스케줄에 매번 따라다녀야 함에도 불구하고 한익태의 직업적 만족도는 높은 편이었다.

'이태석의 리더십과 카리스마는 섬세한 편이니까.'

이태석은 한익태를 곧잘 배려해 주었으며, 업무 외적인 경우엔 스스로 자가용을 몰거나 정말로 일이 늦어질 경우는 한익태를 배려해 택시비를 쥐여 주고 먼저 퇴근을 시키기도 했다.

그런 것들이 오랜 시간 쌓이며 한익태는 이태석에게 인간적인 호의를 느꼈고, 상하 관계의 선을 넘지 않는 선에서 친분을 유지했다.

'그래서 이태석이 쓰러진 이후, 당신께서 급환으로 쓰러지기 전까지 줄곧 이태석의 안부를 걱정하셨지.'

당시 나는 내 상황에 비추어 그 사이를 '굴종의 대가'로 취급하고 말았지만.

지금 돌이켜 생각해 보면 한익태와 이태석의 관계는 당사자가 아니면 알기 힘든 신뢰 관계가 형성되어 있었다는 걸 어렴풋하게나마 느끼게 됐다.

예전의 나는 확증 편향과 선입견에 휩싸여 이태석에 대해서도, 아버지에 대해서도 잘 알지 못했다.

'그 자리에 올라서야 비로소 보이기 시작하는 것들, 인가.'

아니, 당시의 나는 감정적이고, 또 어리석었다.

나는 짧은 회고가 침묵으로 이어지지 않게끔 덧붙였다.

"그래서 저도 가능하면 강이찬 씨에게 폐가 되지 않게끔 하고 싶지만……. 앞으론 오늘처럼 종종 늦게까지 신세를 지게 될 것 같아서 미리 양해의 말씀을 드립니다."

강이찬은 내 말에 어떻게 대답해야 할지 모르겠단 얼굴로 쓴웃음을 짓더니 한참 만에 입을 뗐다.

"그런 말씀까지 하실 건 없습니다. 저보다 사장님이 더 힘드시지 않겠습니까. 저는 어디까지나 사장님을 모시고 운전만 해 드리면 되는 입장이니까요."

그 위로 아닌 위로에 나는 웃고 말았다.

'과묵한 성미지만, 말문이 트이면 제법이겠어.'

전예은도 내게 말했다.

「강이찬 씨는 꾸준히 두드려야 열리는 문이에요.」

언뜻 보기엔 무뚝뚝하고 쉽게 정을 던져 주지 않을 것처럼 보이는 강이찬이지만, 조금씩이나마 친밀도를 쌓고 우호를 쌓아 올리면 제법 진국인 사람.

그렇기에 전예은도 강이찬의 신세를 질 때면 꼬박꼬박 감사 인사를 해 온 것이었다.

'단기간에 친해지긴 어렵지만, 꾸준히 노력을 들이는 만큼 성과가 나올 거라고 했지.'

나는 미소 띤 얼굴로 말을 받았다.

"강이찬 씨의 부담을 덜어 드릴 수 있게끔 제게 운전면허가 있다면 좋겠는데 말이에요."

"……말씀만으로도 감사드립니다."

강이찬은 저도 모르게 그런 것처럼, 입가에 쓴웃음을 내걸었다가 이내 본디 무뚝뚝한 얼굴로 되돌렸다.

'그 스스로도 내가 운전면허를 딸 수 있는 나이가 되기까지 이 일을 계속하리란 생각을 하진 않는 모양이로군.'

뭐, 내가 강이찬의 입장이라 하더라도 '어쩌다 하게 된' 운전기사 일을 천직처럼 여기고 몇 년 이상 이어 가리란 확신은 하고 싶지 않을 거다.

'하지만 그런 간극 속에 본의가 조금씩 드러나기도 하는 법이지.'

나는 얼굴에 걸린 미소를 유지한 채 말을 이었다.

"그럼 강이찬 씨는 일과 시간에 짬짬이 독서를 하시는 거군요. 독서를 즐겨 하시는 모양입니다."

"예."

단답형으로 말을 끝낸 강이찬은 그 스스로도 이번 대답은 너무 무성의했다고 여겼는지 덧붙였다.

"원래 책을 좋아하는 편이어서요."

그조차도 대화를 이어 가기엔 적절하지 않은 대답이긴 했지만.

이만하면 장족의 발전이었다.

'나 역시도 이 이상 사생활의 영역으로 발을 들이는 건, 원치 않고.'

나는 추궁처럼 느껴지지 않게끔 일부러 뜸을 들였다가 입을 열었다.

"그러면 심심풀이라는 느낌과는 다르지만…… 종종 강이찬 씨에게 몇 가지 사업과 관련한 논의를 나눠 볼 수 있을까요?"

강이찬은 내 말을 얼떨떨한 어조로 받았다.

"사업과 관련한 논의, 말씀이십니까?"

"네. 더군다나 직업적 특성상 장고(長考)할 일이 많은 강이찬 씨라면 제게도 도움이 될 거 같고요."

"……제 의견이 도움이나 될까 모르겠습니다."

"아뇨, 제 직업적 특성상 다양한 사람들의 의견이며 견해를 들어 두면 두고두고 도움이 되거든요."

"…….'

"아주 거창한 건 아니에요. 사실, 제가 전예은 씨를 일부러 데리고 다니는 것도 그것과 무관하지 않아요."

암만 내 발이 되어 주고 있는 강이찬이라 하더라도, 왼손도 모르는 오른손의 일까지 파악하고 있진 않았다.

나는 강이찬이 들으라는 듯 일부러 한숨을 푹 내쉬었다.

"일을 하다 보면 이따금, 저보다 연상인 10대 누나들이 무슨 생각을 하고 있는지 모를 때가 많거든요. 제가 맡고 있는 아이돌 사업만 하더라도 대상은 10대에서 20대에 이르는 누나들이 그 타깃인데도 말이에요."

"…….'

"사실, 다른 연령대도 잘 모르긴 마찬가지지만요."

내 어정쩡한 미소에 강이찬은 급기야 픽, 하고 웃음을 흘렸다가 억지로 표정을 고쳤다.

"……흠, 죄송합니다. 마음에 드실 리는 없을 것이라고 생각합니다만, 만일 '논의'를 하게 된다고 하더라도 어디까지나 제 개인적인 견해라는 점은 숙지해 주셨으면 합니다."

이쯤 하면 어느 정도, 나그네의 외투를 벗겨 낸 햇살 역할로 충분했다.

"예, 앞으로도 잘 부탁드리겠습니다."

차가 저택에 도착한 덕분에 대화는 그쯤에서 자연스럽게 끊어졌다.

집으로 돌아오니 이휘철과 이태석이 나를 기다리고 있었다.

안동댁의 전언을 통해 이휘철의 부름을 받은 나는 방에 들러 옷을 갈아입자마자 곧장 그의 서재로 향했다.

"이성진입니다."

"들어오너라."

달각 문을 열고 들어서자 이휘철은 예의 앉은뱅이 탁자에 이태석을 대동하고 앉은 채, 폴더폰을 만지작거리며 뚜껑을 여닫고 있었다.

이휘철은 핸드폰을 내려놓으며, 앉은 자세 그대로 내게 빙긋 웃어 보였다.

"늦었구나."

작년 이맘때만 하더라도 병실 신세를 지고 있던 이휘철은 그런 일이 있었냐는 양 정정해 보였다.

아니, 오히려 예전보다 스케줄에 여유가 생긴 까닭인지 예전보다 활력으로 가득 차다 못해 행동거지 구석구석에 조급증마저 느낄 수 있을 지경이었다.

'그러는 저 영감이 당최 뭘 하고 돌아다니는 건지는 나도 잘 모르겠군.'

나는 문득 이휘철과 이태석을 전예은 앞에 보이고 평을 듣고 싶단 생각이 들었으나.

'안 될 말이지. 오히려 저 능구렁이들에게 역공을 당할 여지도 있어.'

이놈의 집구석은 퇴근 후에도 쉴 수 있을 만한 장소가 아니란 생각을 하며, 나는 고개를 숙였다.

"죄송합니다, 회사 일로 마저 논의할 일이 있어서요."

"죄송하단 말은 함부로 입에 담지 마라."

이휘철이 웃음기를 거두며 말을 이었다.

"그런 말 뒤에는 으레 상대도 이쪽이 납득할 만한 조건을 기대하기 마련이니까."

"……유념하겠습니다."

"뭐, 앞으로는 머지않아 '문자'로 미리 행선을 밝혀 두는 일도 가능해지겠지만 말이다."

그러면서 다시금 얼굴에 웃음을 띠었는데.

일부러 농을 섞어 가며 그런 말을 꺼낸 것으로 보아, 이휘철은 벌써 2G폰이 나아갈 미래를 읽어 내고 있는 듯했다.

'명불허전이군.'

이태석은 그런 이휘철을 힐끗 살폈다가 내가 자리에 앉기를 기다려 입을 뗐다.

"네 할아버지와 방금 전까지 폴더폰을 검토하고 있었다."

이휘철이 고개를 끄덕였다.

"그래, 이게 사돈 색시가 디자인했다는 물건인가 보더구나. 잘 뽑혔다."

프로젝트 P가 눈앞의 실물을 띄기까지 있었던 우여곡절을, 이휘철도 물론 알고 있을 것이다만.

이휘철은 그런 '자질구레한 것' 따위는 안중에도 없다는 양 '잘 뽑혔다'는 한마디로 공치사를 마친 뒤 말을 이었다.

"하나, 성진이 너에게 물어보마."

"예."

이휘철은 보란 듯 탁자에 놓인 핸드폰을 집어 올리며 내게 물었다.

"네가 보기엔 이게 얼마 정도쯤 팔릴 것 같으냐?"

나는 '이번에도 시험인가' 싶으면서도 잠시 생각하는 척을 하다가 입을 뗐다.

"못해도 3,000만 대는 팔릴 것이라고 봅니다."

내 대답에 이태석은 어처구니없어하는 얼굴을 간신히 감췄고, 이휘철은 입매를 비틀었다.

"이 조그만 것 하나에서 우리가 만드는 TV며 세탁기를 합친 것보다 더 많은 매출이 나오리라 생각하는 게냐?"

나는 고개를 끄덕였다.

"그렇습니다."

아주 허황된 수치는 아니었다.

아니, 오히려.

'보험 삼아 조금 낮게 불렀는데도 이런 반응이라니.'

나는 머릿속에 있는 전생의 기억을 더듬어 모토로라의 판매량을 참고해 대답했고, 실제로 모토로라가 만든 '세계 최초의 폴더폰'은 전 세계 6,000만 대, 국내에서만 130만 대가 팔린 것으로 추정된다.

더군다나 아직 제대로 이름붙이지도 않은, 프로젝트 P로만 불리는 이 폴더폰은 설계까지 겪은 난항에도 불구하고 삼광전자가 가진 모든 기술이 집약된 물건이었다.

'게다가 이 시대에 없던 문자 기능까지 겸비하고 있으니…… 한번 붙어 볼 만해.'

이 시절에도 삼광전자는 각종 OEM으로 축적된 노하우가 세계를 기준으로 삼아 크게 뒤처지지도 않았고, 여기엔 전략적 제휴를 맺고 있는 퀄컴의 도움도 있었다.

그 덕분에, 원래라면 96년 3분기에 출시될 삼광의 세계최

초 CDMA 핸드폰을 앞질러 이르면 2분기에 양산까지 가능한 수준까지 앞당길 수 있었지만.

'사실, 오히려 조금 늦고 말았지.'

게다가 삼광전자 내부의 권희수 파벌에 의해, 프로젝트 P는 그 역량이 온전히 집중되지 않았다.

결국 이태석은 타협 아닌 타협을 할 수 밖에 없었고, 이사진의 '여기엔 모델명 접두의 S와 브랜드 명칭인 애니콜을 사용할 수 없다'는 땡깡까지 받아 가며 완성해야 했다.

'이번 실적으로 이태석에게 명분이 생기면, 댁들은 모가지야.'

하지만 그 덕에 프로젝트 P에는 최신형 리튬 이온 배터리를 탑재하는 등의 소소한 수확도 있었다.

'……다만 그때는 모토로라에게 경쟁 상대가 없다시피 했던 상황이었지만……. 이제부턴 모토로라랑 한판 제대로 붙어야 하는 입장인데, 수치를 너무 높게 불렀나?'

한편, 내 대답을 들은 이휘철은 나를 물끄러미 쳐다보더니.

"크크크."

어깨를 들썩여 가며 웃음을 터뜨렸다.

"와하하하핫! 그래, 그래야 내 손자지!"

이태석이 깜짝 놀랄 정도로 호탕하게 웃은 뒤, 이휘철은 웃음기를 거두며 팔걸이에 반쯤 몸을 기댔다.

"이거로 글로벌 시장을 상대하겠단 호언장담이 아주 허풍은 아니었던 모양이구나."

"……."

"하지만."

이휘철이 턱을 치켜들며 그윽한 시선으로 나를 바라보았다.

"세상엔 잘 빠진 제품만으론 안 되는 일도 있는 법이지."

이번엔 또 무슨 시비를 걸 셈인지.

나는 떨떠름한 기색을 감추며 이휘철을 마주보았다.

이휘철은 손끝으로 툭, 탁자 위의 핸드폰을 건드리며 입매를 비틀었다.

"그런 의미에서 이건, 지나치게 시대를 앞서갔다."

그러더니 품에서 거무튀튀한 핸드폰을 꺼내, 탁자 위에 놓았다.

"한편으론 조금 늦었고 말이다."

그리고 우리 눈앞에 놓인 건, 진정한 의미에서 세계 최초의 폴더폰인 모토로라 스타텍이었다.

3장

그 시기가 겹칠 것이란 생각은 했지만, 막상 이 시대에 모
토로라 스타텍 실물을 접하게 되니 기분이 오묘했다.

'엄밀히 말해 디자인 자체는 서명화의 머릿속에서 나온 것
이니 표절이라고 볼 수 있는 것은 아니지만, 내가 이 컨셉 도
안으로 나오고 말 것을 이태석에게 주장해 양산화를 추진할
수 있었던 건 전생에 있었던 모토로라의 성공 사례를 참고했
기 때문이기도 하니까.'

이휘철은 담담히 입을 뗐다.

"이걸 구하느라 애 좀 먹었지."

이휘철이 우리 앞에 내놓은 모토로라 스타텍을 보면서, 이
태석은 입을 일자로 굳게 다문 채 그것을 노려보다가 천천히

입을 열었다.

"혹시 디자인 유출이 있었습니까?"

"글쎄다."

이휘철은 빙긋 웃었다.

"모토로라는 작년 9월쯤 스타텍이라는 명칭을 상표로 등록했고, 이것이 언론에 공개된 건 올해 1월 초."

이휘철이 말을 이었다.

"그러니 사돈 색시가 우리 집에서 디자인을 완성했던 시기와 과정을 돌이켜 보면, 이쪽에서 모토로라의 디자인을 알아냈을 리는 만무하고……. 또 그들이 상표를 등록한 시기를 고려하면 우연의 일치겠지."

"……."

그러면서 이휘철이 나를 물끄러미 바라보았다.

"한편 우연이라기보단 일종의 필연이 아닐까 하는 생각도 드는구나."

나로선 속이 뜨끔했지만.

"필연요?"

이태석이 끼어들었다.

"프로젝트 P의 생명은 기존 바 형태의 핸드폰을 접어서 카탈로그 스펙상의 크기를 줄이는 것에 있습니다. 그런 아이디어가 동 시기, 우연히 겹친다고요?"

"원, 녀석도."

이휘철이 끌끌 웃었다.

"모토로라 측이 언론을 통해 밝힌 바에 의하면, 미국의 SF 드라마인 스타트랙에 나오는 기기를 참고해 플립 형식으로 만들어 냈다고 하더구나. 그러니 '핸드폰을 접는다'는 컨셉 자체는 전례 없이 여간 새롭기만 할 뿐이란 건 아니란 의미지."

"……."

"그리고 지금과 같은 기술의 발전이 아이디어로만 그치고 말 디자인적 요소를 구현하는 것에 성공할 기틀을 마련해 주었다면, 머릿속에만 있던 상상을 실현해 보고 싶은 것이 응당 사람들의 할 일이 아니겠느냐."

이휘철은 끌끌 웃으며 탁자 위에 프로젝트 P와 스타텍을 나란히 놓았다.

"스타텍의 무게는 88g가량인 반면, 삼광이 만든 건 100g에 육박하니, '현존하는 가장 가벼운 셀룰러폰'이라는 타이틀은 빼앗기고 말겠군."

"아버지, 농담처럼 이야기할 때가 아닙니다."

이태석이 딱딱하게 굳은 얼굴로 입을 열었다.

"프로젝트 P의 양산과 출하를 앞둔 시점에, 모토로라 측에서 저희와 동일한 제품을 저희보다 앞서서 공개했다는 건 삼광전자로서도 중대한 사안입니다. 자칫하면 이쪽이 덤터기를 쓰게 될지도 모를 일이고 말입니다."

이휘철은 이태석의 말이 끝나길 기다렸다가 툭 하고 뱉었다.

"그러면 모토로라 측과 재판장에서 한판 붙어 볼 셈이냐?"

"……."

이태석은 잠시 생각하다가 고개를 끄덕였다.

"필요하다면 해야지요."

실로 과감한 결단이었지만.

"……녀석."

이휘철이 입가에 걸려 있던 미소를 거두었다.

"이제 좀 쓸 만해졌다 싶었더니, 아직 멀었구나."

"……."

"자, 미국에서 이 폴더형 디자인을 두고 모토로라와 법정 공방을 이어 간다고 생각해 보자꾸나. 그러잖아도 최근 들어 매년 무역 관련 분야에서 적자를 이어 가고 있는 미국이 자국 기반 산업을 보호하고자 모토로라의 손을 들어 주지 않으리란 장담은 할 수 없지."

"장담을 할 수 없다는 말씀은 다시 말해 저희 측이 승소하리란 가능성도 배제할 수 없단 의미이지 않습니까?"

"상대의 말꼬리만 잡지 마라. 듣는 귀가 썩는다."

"……."

"하물며 내가 앞서 말한 것처럼 디자인적 유사성이 '우연의 일치'에 불과한 것이란 판결이 나오게 되면 소송에 들인 돈과 시간, 그에 따른 인력과 정력까지 모두 잃게 된다."

이휘철이 딱딱한 얼굴을 했다.

"하나 물으마. 그렇다면 너는 이 프로젝트 P를 보호하고자 무엇을 했느냐?"

이휘철은 이태석의 대답을 기다리지 않고 곧장 말을 이었다.

"기껏해야 임원들을 설득하고 프로젝트 P가 궤도에 오르게끔 조치를 취한 것에 불과하겠지. 그러면서도 한편으론 네스스로 이만하면 충분하다며 너 자신을 공치사해 오지 않았느냐?"

"……"

이태석은 무표정한 얼굴 아래로 안면 근육을 꿈틀거렸다.

이휘철은 혀를 쯧, 하고 차면서 말을 이었다.

"네가 이 자리에서 스타텍의 실물을 처음 접해 보았다는 것조차도 이미 안일했단 의미다. 어째서 경쟁 기업의 상품을 조사하지도 않았지? 아니, 하기는 했겠지. 금일이나 한대에서 무엇을 내놓을지는 알고 있을 것이다. 그러면서 콧방귀나한 번 뀌고 말았을까."

"……"

"이는 정작 성진이가 '모토로라를 경쟁 상대로 삼겠다는 말'을 그저 어린애가 할 법한 포부나 치기 정도로만 취급했을 뿐, 너 스스로도 그걸 진심을 담아 고려하지 않은 것이란 의미다."

왜 갑자기 나를 걸고넘어지시나.

이태석을 위해 변호하자면, 그는 결코 한가하지 않았다.

그에겐 프로젝트 P뿐만 아니라 윈도우, MP3, 올해 출시될 SCH 모델군의 애니콜 브랜드 등등까지 염두에 두어야 했을 것이고, 그 외에도 세탁기며 냉장고, TV 등 백색 가전과 관련해서도 정력을 쏟아야 했다.

'거기에 그는 사내 정치까지 신경 써야 할 입장이지. 그걸 두고 안일했네, 어쨌네 하면 조금 가혹한걸.'

이휘철이 말을 이었다.

"국가 간, 기업 간의 기술 격차가 줄어들기 시작하면서 앞으론 상품의 디자인이 경쟁성을 갖추게 될 게다. 뭐, 그런 뻔한 이야기는 너희들에게 귀가 닳도록 이야기해 왔으니 더는 말하지 않겠다만, 거기엔 그 '디자인'을 지키고 방어할 수단까지 고려해야 한다는 의미도 포함되어 있다는 걸 숙지해 두어라."

얼굴이 붉으락푸르락해지려는 걸 간신히 억누르고 있던 이태석은 다시금 입을 열었다.

"그 방어 수단이 기업 간 소송입니다. 저 역시도 아무 근거 없이 한 말은 아닙니다, 아버지."

"그러냐? 혹시 법적 공방 중에 제출할 증거로 사돈 색시와 주고받은 업무상의 메일과 날짜가 전부라는 이야긴 아니 겠지?"

"……그건 시작일 뿐이지요."

"안일하기 짝이 없는 발상이구나. 그 과정에서 디자이너가 이쪽과 인척 관계라는 것이 드러난다면 참 흥미로워지겠군."

그쯤해서 나는 부자간의 사이에 이 이상 금이 가기 전에 끼어들었다.

"그렇지 않아요, 할아버지. 오히려 안일하다고 하면 모토 로라겠죠."

둘이 고개를 돌려 나를 쳐다보았고, 이휘철이 무표정한 얼 굴로 입을 뗐다.

"……무슨 소리냐?"

내가 모토로라의 스타텍을 보고 놀란 까닭은 다른 이유에 서였다.

'설마하니, 이 상황에서도 스타텍을 추진해 버릴 줄이야.'

나는 두 거물의 시선을 한데 받으며, 미소를 지어 보였 다.

"프로젝트 P는 이모님이 미국 법인을 통해 창립한 'MH디 자인 컴퍼니'를 통해 디자인 특허 출원을 마쳐 둔 상황이거 든요."

내 말에 이태석은 눈을 끔뻑거렸고, 이휘철은 '호오' 하고 빙그레 미소를 지었다.

"디자인 특허 출원을 마쳐 두었다?"

"네. 모토로라 측은 그걸 미리 알아보지 않은 모양이거나, 알고서도 추진했단 거겠죠."

그러면서 나는 말을 이었다.

"이만하면 미국 현지에서도 법적 공방을 이어 가 볼 만하지 않겠어요?"

이태석은 내 말에 얼떨떨한 얼굴을 하고 있던 걸 거두며, 옆자리였다면 머리라도 쓰다듬어 주었을 것 같은 표정으로 이휘철을 보았다.

"그렇다고 하는군요, 아버지."

"……크크크."

이휘철이 웃음을 흘렸다.

"녀석, 제 아버지에게도 비밀로 한 게냐?"

스스로 '한 방 먹였다'고 생각하는 이태석과 달리, 그렇게 말하는 이휘철은 어딘지, 관련해 이미 알고 있다는 얼굴이었다.

'영감탱이, 다 알고서 한 말이었어.'

이쯤 하니 '경영고문'이라는 감투를 쓰고 있던 이휘철이 우리와 한마디 상의도 없이 혼자서 뭘 하고 다녔는지 알 듯도 했다.

'여차하면 끼어들 생각이었겠지.'

나는 그 작전에 내심 혀를 내둘렀지만, 내색하지 않으며 그 말을 받았다.

"당연한 수순이라 굳이 보고할 필요까진 없다고 생각해서
요."

"좋다. 그러면 성진이 너도 이 특허권을 무기로 모토로라
와 법정에서 붙어 볼 셈이냐?"

나는 고개를 갸웃했다.

"음, 소송 자체는 괜찮을 거 같은데요?"

이휘철이 눈썹을 씰룩이는 걸 보며, 나는 그가 무어라 말
을 하기 전에 얼른 덧붙였다.

"다만, 저도 모토로라를 상대로 이길 거라곤 생각하지 않
아요. 아마, 승소 확률 자체는 희박하겠죠. 만약 담당 판사
가 스타트랙을 감명 깊게 본 사람이라고 하면, 저희가 가지
고 있는 디자인 특허 자체도 무산시켜 버릴 여지마저 있으
니까요."

'디자인 특허'라는 건 기술 특허와 달리 딱딱 맞아떨어지지
않는 것이어서, 판사의 재량에 따라 귀에 걸면 귀걸이, 코에
걸면 코걸이가 되기 일쑤였다.

이휘철이 고개를 끄덕였다.

"그러면 소송이 괜찮다는 의미는?"

나는 빙긋 미소를 지었다.

"어디까지나 마케팅적인 의미에서요."

"······소송이 마케팅이다?"

"네."

실제로 훗날, 삼광전자가 성장하고 난 이후 애플과 스마트폰과 관련해 디자인이며 UI 특허로 잦은 소송 분쟁이 일어났다.

그 과정에서 대중 전반에 자리 잡기 시작한 인식은 이러했다.

'못해도 애플과 동급의 스펙.'

안드로이드와 iOS로 양분화되다시피 한 스마트폰 업계에서 삼광전자의 스마트폰은 안드로이드 진영을 대표하는 첨병이 되다시피 했다.

그리고 그건, 삼광 측이 의도했는지는 모르나, 결과적으로는 북미를 비롯한 전 세계에 삼광의 이름을 드높이는 결과로 남았다.

나는 말을 이었다.

"어쨌건 현재 모토로라의 스타텍은 저희 프로젝트 P와 유사한 디자인의 제품을 앞서 출시하고 말았어요. 그뿐만 아니라 글로벌 기준으로 핸드폰 시장에서 인지도는 모토로라가 저희보다 앞서가는 상황이죠."

인정할 건 인정해야 한다.

이 시기, 삼광은 어디까지나 한국에서나 먹히는 우물 안 개구리였고, 모토로라는 글로벌한 공룡이었다.

당장 우리가 경쟁 상대로 삼을 모토로라는 1980년대, '벽

돌'이라고 불리는 '세계 최초의 핸드폰'을 상용화하는 등 기념비적이고 굵직한 업적을 여럿 세웠다.

'그러니 모토로라를 경쟁 상대로 삼자는 내 말을 이태석이 당찬 포부쯤으로나 여겼던 것도 무리는 아니야.'

그러면서 모토로라는 1996년에 출시한 스타텍이라는 대히트 상품을 출시한 데 이어, 레이저(RAZR)라고 하는 극단적으로 얇고 경량화된 폴더폰까지 내놓으며 슬림(Slim) 트렌드를 이끌었고, 그들은 언제까지고 승승장구할 것처럼 보였다.

하지만 영광은 오래가지 않았다.

모토로라는 스타텍과 레이저로 이어지는 과거의 영광에 안주했고, 그들이 벌인 이런저런 거창한 사업은 불발에 그친다.

'그들이 추진한 것 중엔 이리듐 프로젝트도 있었지.'

그들이 이래저래 판을 벌이는 것과 달리 사실, 모토로라의 경영 상태는 자못 심각했는데, 그들이 한창 잘나가던 시기 모토로라 회사 전체의 매출 75%가량을 레이저가 책임지고 있었을 정도였다.

어느 정도 자만은 당연했다. 당시 모토로라의 레이저는 전 세계 핸드폰 1위 자리를 차지했을 정도였으니까.

'오히려 그런 자만심 덕분에 지금도 모토로라라는 공룡과 한번 붙어 볼 만하다는 거지.'

하지만 이는 한편, 계란을 한 바구니에 담고 있었던 것이기도 했다.

'경영을 레이저에 의존하고 있었어.'

그러면서 추진한 M&A(인수 합병)이 비용 낭비에 그칠 뿐인 실패로 거듭났고, 결국 레이저의 후속 모델이 지지부진한 성과를 내며 2000년대 중반에 이르러선 모두가 모토로라의 몰락을 점치기 시작했다.

그 결과 모토로라는 여기저기 팔려 나가는 신세가 되다가 급기야는 중국 기업에 팔려 나가게 되는데.

훗날에도 공전절후한 대히트작으로 기록되는 모토로라의 스타텍이지만, 그럼에도 불구하고 이 시기의 스타텍엔 커다란 단점이 있었다.

이태석의 생각과 달리, 여기서 우리가 경쟁 우위로 삼을 핵심은 '디자인'이 아니었다.

'이 상황에서 디자인은 어디까지나 부가적인 요소지.'

나는 빙긋 미소 지으며 탁자에 놓인 두 핸드폰을 각각 한 손에 들어 보였다.

"하지만 완성도 측면에선 저희 제품이 모토로라의 것을 앞서고 있거든요."

이휘철은 가만히 턱을 쓰다듬으며 내 양손을 주목했다.

"호오, 자사의 핸드폰이 완성도 측면에서 모토로라의 물건을 앞선다고 주장하는 게냐?"

왠지 이번에도 알면서 공연한 걸 묻는단 느낌을 받았지만,

나는 그런 이휘철의 능청에 맞장구를 쳐주기로 했다.

"그럼요."

모토로라와의 소송전은 '폴더형 디자인'이 그들만의 전유물이며 상징인 것이 아닐뿐더러, 삼광의 존재감을 대중 전반에 인식시키는 과정일 뿐이다.

그리고 디자인이 가져다주는 내·외적 우위가 무색해지는 시점부터는 성능에 따른 정면승부로 이어진다.

나는 보란 듯 두 기종의 폴더를 손가락으로 열어 내부를 보여 주었다.

모토로라의 스타텍은 폴더 형식을 고수하곤 있으나, 상단 부분은 그들의 로고와 수신 장치만 붙어 있을 뿐이었고, 하단에 2x2 사이즈의 조그만 LED 액정이 탑재된 것이 고작.

그러나 프로젝트 P는 스타텍과 달리 플립 커버 부분에 LCD 액정이 탑재되어 있었다.

'복고로 돌이켜 보면 스타텍 쪽이 취향을 저격하는 부분이 없잖아 있지만, 이 시대 기준의 실사용 측면에서 돌아보면 단연코 프로젝트 P 쪽이 앞서.'

추억 보정이 덧칠된 복고풍이란 것도 과거의 유산에 빗대어야 가능한 이야기일 뿐이다.

이러한 외향적 차이는 일견 소소해 보이겠지만, 파고들면 큰 차이가 있었다.

'구현 가능한 기술과 가능성의 차이지.'

나는 미소 띤 얼굴로 말을 이었다.

"더욱이 두 기종 사이에는 통신 칩셋 방식에서부터 큰 차이가 있습니다."

역사상 공전절후한 히트를 기록하는 모토로라의 스타텍이지만, 이들은 기존 통신 칩셋 시장을 꽉 잡고 있던 1세대 AMPS 방식을 고수하고 있었다.

'2세대인 TDMA나 GSM조차 아니야. 말 그대로 통화만 가능할 뿐. 그리고 한동안 그 시스템을 이어 가게 되지.'

반면, 우리가 만든 프로젝트 P의 경우는 퀄컴이 ETRI 측과 공동 개발한 2세대 통신 칩셋인 CDMA 방식.

두 기종 간에는 근본적으로 아날로그와 디지털 방식이란 격차가 있었다.

이휘철이 히죽 웃으며 입을 뗐다.

"하지만, 그렇기에 시대를 앞서갔단 생각이 들지는 않느냐?"

그는 앞서 모토로라의 스타텍을 꺼내며 말했던 '시대를 앞서갔다'는 이야기의 해설을 풀어 냈다.

"너도 알다시피 통신이라는 건 상호작용을 전제로 한다. 암만 이쪽의 물건이 뛰어나다 할지라도, 그것을 받아 주는 사람이 없다면 무용지물이 되는 법이지."

하지만 성능과 무관하게, '통신사' 측에서 이를 지원하느냐의 유무가 걸려 있었다.

그렇다 보니 모바일 시장은 그 특성상 제조사가 아닌 통신사가 '갑'이 될 수밖에 없는 환경이었다.

'나도 그건 인정하는 바야.'

비록 성능 면에서는 퀄컴이 사활을 걸고 개발한 CDMA 쪽이 앞선다고 할지라도, 그것도 어디까지나 써 주는 사람이 있어야 가능한 이야기였다.

따라서 현시점에서 CDMA 방식의 칩셋을 지원하는 모바일 기기는 없는 것이나 마찬가지였고, 통신사 측에서 이러한 도박수를 받아들여 줄지도 미지수.

국내에서는 CDMA가 주류로 자리 잡았으나, 오히려 전 세계적으론 CDMA보다 몇 년 앞서 서비스된 유럽형 GSM 방식이 글로벌 시장의 주류로 자리 잡으며 통신 시장을 장악하고 있었다.

'그러한 추세는 2000년대 중반까지도 이어지고.'

나는 고개를 끄덕였다.

"소비자들은 그 강점을 알아줄 것이라고 생각합니다."

"머릿속이 장밋빛이구나."

이휘철이 히죽 웃었다.

"대중은 생각 이상으로 보수적이다. 사람은 기존 방식을 고수하고자 할 뿐만 아니라 현 상황에 안주하려는 못된 버릇마저 있어. 하물며 이미 '쓸 만하다'고 여기는 경향에서 선뜻 새로운 시스템으로 옮겨 타는 건 여간한 수고로움이 아니지."

"……."

"게다가 GSM이며 TDMA에는 그 나름의 강점도 있다. 그러한 강점에 더해, 이미 통신 시장을 선점하고 있다는 축복마저 누리고 있지."

나는 이휘철의, 언뜻 들으면 비관적이기만 할 뿐인 말에서 모종의 신호를 읽어 냈다.

'일반 고객이 아닌, 1차 벤더인 통신사부터 납득시켜야 한단 의미인가.'

모토로라를 이기고 글로벌 시장의 재패를 노린다면, 그러한 제반 사항부터 넘어서야 한단 함의.

이휘철의 이러한 의중을 간파한 것은 나보다 이태석이 더 빨랐다.

"그러나 통신사 입장에서도 CDMA는 매력적이죠. 기존 아날로그 방식에 비해 셀룰러 가입자를 10배 이상 수용할 수 있을 뿐만 아니라, 인구 밀도가 높은 집적 지역에서 혼선이 생기지 않으며 기지국의 숫자도 줄일 수 있습니다."

셀룰러.

휴대전화, 우리가 핸드폰이라 부르는 이 물건을 미국에선 Cell Phone이라고도 부르는데, 이는 Cell(세포)에서 어원을 가져온다.

하지만 엄밀히 말해, 모든 핸드폰이 Cell Phone인 것은 아니었다.

핸드폰은 그 작동 과정에 전화기와 기지국의 통신 안테나 사이의 전파를 주고받는 방식으로 이루어지는데, 초창기 핸드폰은 그 용례와 달리 심각한 단점이 있었다.

그건 바로 '이동 중에 통화가 끊긴다'는 점이었다.

이동통신을 서비스하는 사업자들은 그 해결 방안으로 크게 두 가지(엄밀히 말하면 세 가지) 방안을 내세웠다.

하나는 모토로라에서 계획한, 이리듐 프로젝트.

이는 이리듐의 원자번호와 같은 77개의 인공위성을 쏘아 올려 지구 전역을 커버하는 통신망을 구축하는 것으로, 말 그대로 '지구 어디에서나 통화가 가능하게 만든다'고 하는 실로 야심찬 계획이었다.

'다만 그 야심찬 계획의 결과는 우리 모두가 아는 방식으로 나타났지.'

혹자는 모토로라의 몰락이 이리듐 프로젝트에서 비롯했다고 할 정도였으니까.

다른 하나는 우리에게 익숙한, 셀 네트워크(Cell network)를 사용하는 셀룰러 방식.

이는 일정 범위를 커버하는 무수한 통신탑을 세우고, 그 신호를 각 신호탑과 다른 신호탑이 이어받는 방식이었다.

그 모습이 마치 각각의 세포(Cell)가 유기적으로 이어지는 것과 같다고 해서, 이를 셀 네트워크라 부르며 이러한 방식의 핸드폰을 셀 폰(Cell Phone)이라 일컫게 되었다.

물론 단점도 있었다.

'기지국이 없는 산간벽지에선 터지지 않는다는 점과 통신 탑이 커버하는 범위의 인구밀도에 따라 전파가 잘 잡히지 않는다는 점. 그래서 한때는 핸드폰 액정에 통신 안테나가 몇 개나 서 있느냐를 찾아 안테나를 삐죽 세우며 돌아다녔지.'

그렇기에 이 당시 핸드폰이 거추장스러운 안테나를 탑재하고, 또 이를 쭉 늘릴 수 있게끔 만든 건 이 '신호'의 수신 과정에 불가결한 요소였다.

영화나 드라마에서 나오곤 하는, 변두리 시골이나 산악에서 핸드폰이 먹통이 되곤 하는 사례는 이러한 통신탑의 부재로 빚어지는 현상이었다.

하지만 시간이 흐르며 곳곳에 기지국이 세워지고, 셀룰러 방식은 '불편함을 느낄 수 없는 지점'에서 보편적으로 정착하게 된다.

'여기서 통신사별로 할당된 주파수며 주파수 경매, 황금 주파수, 전파 이용 할당이며 주파수 효율까지 언급하는 건 삼광전자가 관여할 영역이 아니지만.'

여담으로 마지막 세 번째 방안이 시대를 짧게 스쳐 지나간 시티폰이었다.

시티폰은 집에서 사용하는 무선 전화기를 응용한 것으로, 공중전화 박스 근처에서 '전화를 걸 수 있는' 것이었으나 '전화를 받을 수 없다'는 심각한 단점과 더불어 공중전화기에 탑재된 중계기를 벗어나면 통화가 끊긴다는 단점도 아우르고 있었다.

'이때 시티폰에 투자했다가 망한 개인이나 사업자가 많았지.'

근 미래 기준으로 생각하면, 와이파이 같은 것에 빗댈 수 있을까.

'공중전화를 줄 서서 기다리다가 시비가 붙곤 하던 시대 상황을 감안하면, 거기서 수요를 착안했던 모양이지만…….'

이리듐 프로젝트나 시티폰의 사례는 소비자들의 수요를 극단적으로 분석한 결과물이라고 볼 수 있으리라.

그러니 이 당시 CDMA 방식이 혁신이라 불릴 수 있었던 건, 이러한 통신 이용자의 수요에 따른 기지국과 통신탑의 부담을 대폭 줄이는 것과 연계되는 내용이었다.

이휘철이 입을 열었다.

"퀄컴의 홍보대사로 나서도 손색이 없겠구나."

이휘철의 이죽거림을 이태석은 표정 변화 없이 받았다.

"퀄컴과는 긴밀한 전략적 파트너십을 맺고 있으니, 제가 CDMA을 옹호하는 것은 당연하지 않겠습니까."

둘이 또 한번 쓸데없는 신경전을 벌이기 전, 나는 잽싸게 끼어들었다.

"저도 아버지 말씀에 동의해요. 저희가 가진 가장 큰 강점은 CDMA 칩셋을 탑재하고 있다는 것에 있고, 이는 통신사 입장에서도 충분한 경쟁력을 확보할 수 있으리란 생각이거든요."

이휘철이 고개를 돌려 나를 보았다.

"그러면 머지않아 CDMA를 지원하는 통신사가 글로벌 표준으로 거듭날 거란 의미냐?"

그렇게까지 극단적으로 낙관하는 건 아니지만, 현시점에서 CDMA가 아직 전인미답의 블루 오션인 것도 분명했다.

나는 담담한 얼굴로 그 말을 받았다.

"후발 주자가 따라붙기엔 이만한 것도 없죠."

내 말을 들은 이휘철은 씩 하고 입매를 비틀며 웃었다.

"모토로라와의 소송도 그런, 후발 주자가 택하는 전략 중 하나란 게냐?"

"네. 어쩌다 보니 '유사한 디자인이 우연하게 동시기 발매'되고 말았지만, 심미적인 부분을 차치하고 이를 동일 선상까지 끌어올리면……."

"그 뒤는 네가 말한 성능 싸움이 될 것이다, 라는 거지."

"그렇습니다. 게다가 저희는 문자메시지 서비스까지 지원할 수 있잖아요?"

LED 방식의 액정을 채용한 스타텍의 초기 버전은 폰트 구현에 전형적인 7 세그먼트(7 Segment)를 채용하여 뚜렷한 한계를 드러내고 뿐만 아니라, 표시 가능한 숫자도 열 자가 되지 않았다.

'당연히 한글 지원도 되지 않고.'

이휘철은 내가 내려놓은 양 기종 핸드폰을 물끄러미 바라보았다.

"그래, 그런 강점은 아직 아무도 따라올 수 없는 영역이니."

뒤이어 이휘철은 프로젝트 P의 버튼과 스타텍의 버튼을 번갈아 꾹꾹 누르곤 '흠' 하고 숨을 내쉬었다가 희미한 미소를 지었다.

"잘 들었다. 이래저래 부족한 부분도 있지만, 그 정돈 내가 감안해야지."

뭐요.

한편으론 그렇게 말하는 것으로 보아 이휘철이 또 뭔가 준비해 두고 있는 건가, 싶었더니.

"성진아, 내 책상 옆의 캐비넷에 가 보면 서류가 한 뭉텅이 있을 게다. 그걸 가져와 보거라."

나는 이휘철이 시키는 대로 했다.

'영어?'

힐끗 살핀 묵직한 서류는 영문으로 작성되어 있었고, 나는 그것을 잠시 살필까 하다가 이휘철의 말을 기다려 보기로 했다.

내가 탁자 위에 서류를 내려놓자, 이휘철이 입을 뗐다.

"소비자는 둘째 치고, 우선은 통신사에 영업을 뛰어야겠지. 이건 그 결과물이다."

통신사 영업? 결과물?

관련해선 이태석도 모르는 눈치였고, 그는 떨떠름함과 의혹이 뒤섞인 눈으로 탁자 위의 서류를 힐끗 쳐다보았다가 그 시선을 이휘철로 향했다.

"무슨 서류입니까?"

"뭐, 별건 아니고……. 뒷방으로 밀려난 늙은이의 소일거리라고 해 둘까?"

늙은이의 소일거리 운운하는 것치곤 목소리에 자부심이 잔뜩 묻어나 있었다.

이휘철은 그윽한 시선으로 이태석과 나를 번갈아 보더니, 서류를 손바닥으로 내리누르듯 짚었다.

"이건, 말하자면 강제로 어미 품에서 떨어져 나간 아기들 중 몇몇과 조금 이야기를 나눈 결과물이란다."

그 비유를 들은 나는 잠시 '뭔 소리야' 싶은 생각에 미쳤다가, 문득 이휘철이 말하는 바를 어림하곤 헛숨을 들이켰다.

"설마, Baby Bell 말씀인가요?"

이휘철은 눈썹을 씰룩이더니, 서서히 소리 없는 웃음을 얼굴 가득 띠었다.

"그렇다."

Baby Bell.

그건 전화기를 발명한 것으로 알려진, 알렉산더 그레이엄 벨의 유산 중 하나였다.

장장 100여 년간 미국 통신 시장을 장악하고 있던 AT&T는 미국의 반독점법에 의해 산산조각 나며 미주 각 지역으로 뿔뿔이 흩어졌다.

이때 모체가 되는 AT&T를 Mother Bell, 지역별로 분리된 AT&T 출신 회사를 Baby Bell이라 불렀는데.

이는 창립자인 알렉산더 그레이엄 벨의 성씨인 벨(Bell : 종)에서 따온 기업 로고가 시그니처로 굳어지며 나온 별칭이었다.

결국 근 미래의 역사에선 결국 다시금 M&A가 이루어지며 이산가족이 하나둘씩 뭉치기 시작하더니 결국엔 우리가 아는 AT&T로 회귀하고 말지만.

이때 지역별로 쪼개진 여러 Baby Bell을 인수 합병하는 과정과 모바일 기기의 급부상으로 폭증한 통신사의 수요 덕에 그 과정은 가히 춘추전국시대를 방불케 하는 모습마저 보였다.

'이건 뭐, 천하란 나누어진 지 오래면 반드시 합쳐지고 합치면 나뉘는 것이니, 운운하는 그런 건가.'

그 결과, 미국은 5대 이동통신사가 시장을 나눠 갖는 형태로 고착되지만 개중엔 버라이즌처럼 AT&T를 모체로 두되 Baby Bell 간의 합작, 인수 합병 등을 통해 AT&T와는 별개의 행보를 걸으며 이동통신 부문 1위로 거듭난 회사도 있었다.

'그런데 이휘철이 가져온 이건…….'

이태석과 나는 이휘철을 바라보았고, 그는 능청스레 웃으며 한 손으로 턱을 쓸었다.

"미국이란 나라는 자못 극단적이지. 땅덩이는 넓고, 땅덩이가 넓다 보니 한 국가 안에서도 시차가 있을 지경이다."

이휘철이 말을 이었다.

"그러다 보니 주마다 법이 다르고, 또 그런 주를 아우르는 것이 미합중국이지. 뭐 어쨌거나……."

이휘철은 서류 뭉텅이를 손가락 끝으로 툭툭 두드렸다.

"1984년, AT&T가 쪼개지면서 각각은 미주 각 지역으로 흩어졌다. 모체는 여전히 AT&T지만, 이후 행보는 미국다운 모습을 보이고 있더구나."

그가 말한 '미국다운 모습'이란 약간의 선입견을 더해서, 일종의 개인주의적 면모를 의미하는 것이리라.

"그러다 보니 빈틈이 생겼다. 저들이 저마다의 밥그릇을 챙기려 아옹다옹하는 사이 저 먼 변방의 조그만 나라가 틈새를 노리는 것도 가능해졌지."

서류를 물끄러미 쳐다보며 잠자코 이휘철의 이야기를 듣고 있던 이태석이 끼어들었다.

"로비라도 하신 겁니까?"

"로비라니, 뉘앙스가 좋지 않구나."

이휘철이 입매를 비틀었다.

"나는 그저, 그들의 주식을 조금씩이나마 갖고 있는 입장에서 미래의 먹거리가 무엇인지를 넌지시 알려 주었을 뿐이지. 이는 주주로서 행사할 수 있는 당연한 권리가 아니겠느냐."

한편.

나는 그 이야기를 들으며 황당함을 금치 못했다.

'그러잖아도 은퇴 이후 당최 뭘 하고 있는지 모를 영감이었는데.'

설마, 이휘철은 미국 이동통신 시장에 발을 걸쳐 두고 있었던 건가.

'……여기서 번 돈을 들고 월가에 입성한 거였군.'

행하는 스케일이 내 예상을 기분 좋게 빗나가고 있었다.

'나로서는 이걸 어떻게 받아들여야 할지 모르겠는걸.'

이번 생에서 이휘철의 생존이 어떤 파급효과를 불러일으킬지, 나는 짐작도 못하고 있었던 것이 분명했다.

'……이거, 잘만 하면 미국의 이통사에 한 다리 걸치게 될 수 있는 것도 아니야?'

실제 그 틈을 비집고 들어온 미국의 5대 이동통신사 중 한 곳은 독일 기업을 모체로 두고 있기도 하고.

근 미래의 일을 꿰고 있기에 심장이 벌렁거리는 나와 달리, 이태석은 놀랍긴 하되 크게 대수롭지는 않다는 듯, 그럼에도 예상외의 판로를 개척한 이휘철의 역량을 마지못해 인정하는 투로 말을 받았다.

"진즉 말씀하시지 그랬습니까. 그에 따라 경영 전략도 얼마든지 조율할 수 있었을 텐데요. 이를테면⋯⋯ 기회를 봐서 저희가 Baby Bell 중 한 곳을 인수할 수도 있겠죠. 앞으로 모바일 시장이며 통신 시장이 급부상하리란 것도 명약관화하고요."

대수롭지 않은 양 말하는 이태석의 계획도 실로 대담한 것이었으나.

"녀석."

이휘철이 픽 웃었다.

"만일 우리가 삼광의 이름을 걸고 움직이기 시작하면, 그들도 뭉치게 될 게다. 비즈니스라는 건 마냥 냉정하기만 한 것이 아니야. 거기엔 국가와 문화, 그에 따른 인식이 수반되는 법이다."

이휘철은 담담한 얼굴로 자세를 고쳐 허리를 곧게 폈다.

"더군다나 일본에 크게 데인 적 있는 미국 입장에서는 더더욱. 그들에게 한국이란 어디까지나 일본의 옆 나라 정도일 뿐이다. 반일 감정이라는 건 우리나라만 갖고 있는 게 아니거든."

이휘철이 말을 이었다.

"그런 와중 한국의 모 기업이 그들 사이에 끼어들어 뭔가를 하려는 징후가 보인다고 할 때, 그들로선 응당 경계할 것도 분명하고."

나도 들은 적 있는 내용이다.

패킷몬이 미국에 상륙하기 전, 그들이 일본을 바라보는 관점은 '진주만 공습'의 기억과 섞이며 '자국 전자제품 시장을 잠식하는' 악의 축 정도로 인식되었는데, 이러한 관념은 일본이 버블 경기로 호재를 이루던 시기와 겹치며 장차 일본 기업이 미국을 잠식하리란 불안감으로 이어졌다.

'그래서 해당 시기에 나온 SF 영화인 〈블레이드 러너〉 같은 디스토피아적 작품 속에서 일본어와 그 문화가 주류인 양 튀어나온 건, 그 불안을 대변하는 요소였지.'

실제로 소니가 콜롬비아 픽쳐스를 인수하기도 했고.

'그 결과 한동안 잔뜩 적자를 보지만.'

그러던 것이 패킷몬스터가 미국 아동들 사이에 선풍적인 인기를 끌게 되면서, 귀여운 전기 쥐 한 마리가 그러한 악감정을 희석시켰으니.

'문화의 힘이란……'

이휘철의 이야기를 들으니, 미국 이통사 시장에 진출하는 건 조심스러울 수밖에 없겠단 생각이 들었다.

'이휘철이 개입한 방식도 간접적으로 이뤄진 모양이고.'

이태석이 떨떠름한 얼굴로 이휘철의 말을 받았다.

"아버지, 한국과 일본은 다릅니다. 한미 관계는 굳건하고, 6·25 때도 도움을 받지 않았습니까. 그들이 과연 한국을 일본과 동일 선상에 놓고 취급할까요?"

이휘철이 눈살을 찌푸렸다.

"내가 그걸 몰라서 한 소리 같으냐? 대중 전반의 인식은 별반 다르지 않아. 그들 사이의 자포니즘이라는 것도 엄밀히 파고 보면 오리엔탈리즘과 관련한 환상이 덧입혀진 것을 일본을 통해 바라보는 것에 불과하다. 당장 한국만 하더라도 아일랜드인과 스코틀랜드인을 구분하는 사람은 많지 않을 것이니."

이휘철이 툴툴거리듯 말을 이었다.

"나만 하더라도, 한국에서 왔다고 하니까 한국도 스시를 먹고 기모노를 입으리라 생각하는 인간이 부지기수더구나. 내 개인의 경험을 일반화하는 건 주의해야 할 일이지만, 내가 든 예시는 어디까지나 한 단면에 불과하지. 6·25 이야기가 나왔으니 말이지만, 그들 사이에서 6·25란 '잊힌 전쟁' 취급받고 있는 것도 사실이고."

이휘철이 몸소 출장을 다니던 시기라면 그럴 법도 하겠단 생각이 들었다.

"뭐, 어쨌건 그것도 장차 바뀌겠으나, 핵심은 미국이란 나라의 배타성이다. 아메리칸 드림의 이면에 숨은 그림자인 게지. 시작부터가 백인 이민자 집단이 아메리카 원주민을 몰아내며 세운 나라이니 오죽하겠느냐."

그 냉소 속에도 은근한 선입견이 내재되어 있었으나, 나는 구태여 지적하지 않았다.

'시대를 감안해야지.'

즉, 이휘철이 벌여 둔 일은 어디 가서 떠들 만한 이야긴 아니라는 의미였다.

'지금 추적이니 세금이니 뭐니 하는 쪼잔한 이야기가 아니야.'

그러니 구태여 비유적인 표현을 들먹여 가며 이야기를 전달한 것이겠고.

이휘철이 담담하게 말을 이었다.

"그러니 나는 어디까지나 CDMA가 꽃피울 계기를 마련한 것뿐이다. 다만 이는 말했듯 계기일 뿐이다. 무조건적인 성공을 담보하는 이야기가 아니야."

"……."

"너희도 알다시피 현시점에서 미국과 유럽은 GSM 방식이 대세다. 뭐, GSM도 나름의 강점은 있지. 기기의 융통성 측면에선 CDMA 방식보다 뛰어나니까. 땅덩이에 비해 사람이 적은 나라들은 굳이 기존 GSM 칩셋을 교체할 필요가 없겠지."

이태석은 떨떠름한 얼굴로 고개를 끄덕였다.

"아버지의 말씀은 잘 알겠습니다. 결국엔 프로젝트 P의 성공이 북미 지역의 CDMA 칩셋 보급률을 결정짓겠군요."

이휘철이 씩 웃었다.

"그래. 그 과정엔 네가 홍보대사로 활약 중인 퀄컴이 완충 작용을 해 주겠지. 그 결과 놈들의 배를 불려 주는 건 아쉽지만 감안해야 하겠고."

거참, 그 와중에도 꼽을 주네.

이태석은 떨떠름한 기색을 지우지 않으며 서류 뭉치에 손을 댔다.

"그러면 저도 '저희와 전략적 제휴 중인' 퀄컴 측과 전략을 수립해 보겠습니다. 해당 서류는 그러려고 공개하신 거겠죠?"

이태석도 지질 않고.

"나나 성진이가 해 둔 일을 망치지나 말거라."

"예, 어렵하겠습니까. 이왕 이렇게 됐으니, 유럽 쪽에도 한번 손을 보도록 하죠."

"당연하지. 너 혼자 놀고먹을 생각이었느냐?"

……뭐, 저건 저 두 부자 나름의 애정표현이라고 생각하도록 하자.

다만, 여기서도 놓치고 있는 것이 있는 듯해서 나는 조심스레 끼어들었다.

"저, 국내시장은 어떻게 하실 건가요?"

내 말에 이휘철과 이태석은 어리둥절한 얼굴로 서로를 쳐다보았다.

"신경 쓸 거라도 있느냐?"

"없습니다. 내버려 둬도 한 200만 대는 팔리겠죠."

"그래, 그럼 됐지."

"예. 물론입니다."

그들은 이미 MP3의 경우처럼, 프로젝트 P의 성공을 전제로 사고하는 중이었다.

여기서 나눈 대화의 관건은 '어떻게, 얼마나 더 많이 팔아먹느냐'일 지경이니까.

이휘철이 미소 띤 얼굴로 나를 보았다.

"아니면, 그 외에 달리 할 말이 있느냐?"

그 말이 암시하는 건 '네 역할은 여기서 끝났다'는 선고에 가까웠지만…….

실제로 내가 프로젝트 P와 관련해 할 일은 여기서 끝이었다.

'이후는 SJ컴퍼니가 감당할 규모가 아니기도 하고.'

더군다나 이휘철이 툭 하고 아무렇지도 않은 양 던져 준 것들이 수출 판로에 있어서 삼광전자의 경영 전략에 엄청난 도움을 안겨다 줄 거란 것도 사실.

결과적으로, 삼광전자의 성장은 장래 내 이득이 되기도 할 테니까.

나는 얌전히 이휘철의 말을 받았다.

"아닙니다, 할아버지."

"좋다."

그 '좋다'라는 것이 어떤 의미인지는 불명확하지만.

"그러면 성진아, 너에겐 한 가지 과제를 주마."

경영고문이 미소 띤 얼굴로 사장에게 과제를 던져 주는 회사라니.

참으로 수평적인 회사다.

이는 모쪼록 모든 회사가 우리 회사를 본받았으면 싶을 정도여서, 나는 미소로 그 말을 받았다.

"예, 말씀하세요."

이휘철은 프로젝트 P를 집어 들며 내게 플립 커버를 펼쳐 보였다.

"네가 프로젝트 P에 탑재한 문자메시지 시스템은 제법이다. 3x4의 한정된 범위 내에 한글 자모음을 모두 담아냈으니, 익숙해지면 편의성 측면에서 무척 유용하겠지. 하지만 이것도 어디까지나 국내 한정이다."

나는 고개를 끄덕였다.

천지인을 탑재한 프로젝트 P와 달리, 영문은 기존 방식대로 ABC 알파벳을 차례대로 집어넣은 것에 불과했다.

이휘철은 보란 듯 버튼을 몇 번 눌러 보다가 핸드폰 플립을 덮으며 말을 이었다.

"후속 모델은 준비하고 있느냐?"

프로젝트 P가 출시되지도 않은 시점인데, 벌써부터 후속 모델이라.

나는 내심 혀를 내두르며, 얼굴은 어색한 미소로 바꾼 채 고개를 저었다.

"아뇨, 아직 준비하지 않았어요."

"그래? 그렇다면……."

오히려 이휘철은 잘됐다는 듯이 씩 웃었다.

"다음 물건은 어디, 서양인들이 문자메시지를 주고받을 수 있는 물건을 준비해 보거라."

문자메시지 서비스에 특화된 핸드폰이라.

'흠.'

이 시대의 기술력으론 정전기식은커녕 감압식 터치스크린도 기대할 바가 아니지만.

'생각해 둔 건 있어.'

나는 미소 띤 얼굴로 고개를 끄덕였다.

"네, 해 보겠습니다."

"그래?"

이휘철은 뒤이어 너털웃음을 터뜨렸다.

"하하하, 네 나름 생각해 둔 바가 있는 모양이구나. 그럼 기대해 보도록 하마."

"……."

나는 미소 띤 얼굴로 고개를 숙였다.

'까짓 거, 블랙베리 같은 걸 만들면 되겠지.'

회의를 마치고 이휘철과 이태석은 마저 논의할 것이 있다며 나를 먼저 돌려보냈다.

'길고 긴 하루였군.'

이후로도 할 일이 남았지만.

방으로 향하는 거실 소파에는 사모가 앉아 있다가 나를 힐끔 쳐다보더니, 뒤이어 보란 듯이 시계를 바라보았다.

"아들, 오늘은 일찍 마쳤구나?"

말씨는 상냥했으나 왠지, '밤늦게까지 컴퓨터게임을 하다가 엄마에게 걸린 것 같다'는 느낌이 실감나는 뉘앙스였다.

전생에도 겪어 본 적은 없지만.

"아, 예. 그렇습니다."

"오늘은 무슨 이야기를 했니?"

사모는 리모컨으로 TV 볼륨을 낮췄고, 거기서 나는 사모가 대화를 바란단 신호를 읽었기에 얌전히 사모 곁에 자리를 잡고 앉았다.

"모바일 사업 관련한 이야기였어요."

"모바일? 아, 핸드폰."

사모가 고개를 주억거렸다가, 고개를 갸웃했다.

"그거, 작년에도 만들지 않았니?"

거, 묘하게 핵심을 찌르는 말씀을 하시네.

그렇다고 사모 앞에서 CDMA며 SMS, 모토로라의 신제품에 맞서는 전략 등을 언급할 필요는 없을 듯해서, 나는 대강 대답했다.

"그것보다 훨씬 진일보한 신제품이에요."

"신제품? 아, 혹시 명화가 디자인한 그거?"

사모도 프로젝트 P가 그녀의 동생인 서명화의 디자인에서 비롯한 물건이라는 정도는 꿰고 있었다.

'그 과정에 어떤 우여곡절이 있었는진 모르겠지만.'

나는 고개를 끄덕였다.

"네, 이모님이 디자인한 핸드폰입니다."

"혹시, 엄마도 한번 볼 수 있어?"

나는 얌전히 내 몫의 핸드폰을 꺼내 사모에게 내밀었고, 사모는 눈을 반짝이며 핸드폰을 만지작거렸다.

"신기하게 생겼네. 엄마가 갖고 있는 것보다 더 작아지기도 했고. 왠지 21세기란 느낌이 물씬 풍겨."

"어머니 생각엔 잘 팔릴 것 같아요?"

간단한 소비자 리서치에 들어가고자 꺼낸 말에, 사모는 '흐으음' 하고 생각하다가 고개를 들었다.

"얼마쯤에 팔 생각인데?"

내 기억에 모토로라의 스타텍이 미국에서 1,000달러, 영국에선 1,400파운드 선이었으니.

'정확한 건 아직 나오지 않았지만.'

나는 내가 생각한 바를 얼추 떠올려 대답했다.

"100만 원 안팎 정도일 거예요."

"100만 원?"

평생 부족함 없이 살아온 사모였으니 '그 정도야 뭐' 하고 말 거란 내 예상과 달리, 사모는 적잖이 놀란 얼굴을 했다.

"이 조그만 기계가 100만 원이나 하는 거구나."

최저임금 1,400원, 대기업 대졸 신입 사원 초임 평균 연봉이 2,000만 원을 넘지 않는 시절임을 감안하면, 허리띠를 졸라매야 가능한 가격이긴 했다.

'남경민 책임이며 이세라 대리 앞에선 생활필수품 운운하며 잘난 척 말했지만, 확실히 비싸긴 비싸.'

이를 근 미래 기준 물가로 환산하면 체감상 대략 200만 원을 호가하는 물건이란 의미였다.

'아직은 보조금 제도가 정착하지도 않았고, 보조금이라는 것도 이통사 간의 고객 유치 마케팅 수단이었단 걸 생각하면 삼광이 나서서 무언가 할 수 있는 것도 아니니.'

더욱이 한동안은 한국이동통신의 독주가 이어질 예정이었다.

'신세기통신도 있지만, 미래를 감안하면 기대할 바는 아니고.'

어쨌건 단말기 가격이 비싸단 사모의 의견엔 나도 동의할 수밖에 없었다.

"핸드폰이란 기술 집약 산업이니까요. 100만 원에 판매된다고 해도, 그게 고스란히 영업이익률로 들어오지도 않고요."

그럼에도 이휘철과 이태석 부자는 국내 판매 전망을 낙관적으로 점치고 있었고, 실제 국내에서 모토로라 스타텍이 판매되었던 실적을 감안하면 나로서도 고개가 끄덕여질 일이었으니.

사람 사는 일이란 알 것 같으면서도 모를 일이었다.

사모는 잠시 생각하다가 고개를 저었다.

"비싸네."

평생을 부족함 없이 자라 100만 원쯤은 아무렇지도 않게 여길 것 같은 사모의 입에서 나온 감상치곤 의외였다.

"왜 그러니?"

"아뇨, 어머니께서도 비싸다고 생각하실 정도라면 비싸긴 하겠구나, 싶어서요."

"얘는."

사모가 눈을 흘겼다.

"암만 그래도 고작해야 전화기에 불과한 걸 100만 원씩이나 주긴 그렇잖니. 게다가 핸드폰이란 건 올해랑 내년이 다르기도 하고, 내년엔 더 뛰어난 제품이 나오기 마련이니까."

일반적으론 그렇게 생각하기 마련이겠지.

사모는 팔짱을 끼며 소파에 등을 기댔다.

"그래서 엄만 전자 제품을 사는 일이 별로고, 싫어. 내년

이면 곧장 가치가 하락하고 말 물건이라니, 기껏 100만 원이
나 주고 산 물건이 그렇게 평가절하될 거라는 게 안타깝고
안쓰럽진 않니?"

감가상각 이야기인가.

제조업자 입장에서는 곧잘 고객들이 매년 새로운 모델을
구매해 줬으면 하는 바람을 담아 신규 모델을 만들어 내곤
하지만, 그것도 어디까지나 희망 사항일 뿐이다.

실제론 핸드폰의 교체 주기란 2~3년이 평균이고, 각 모델
의 판매량은 전년도 대비 시장의 규모가 커지면서 증가 폭에
따른 실구매 수요가 늘어나는 것이니.

나는 사모에게 어색한 웃음을 흘렸다.

"그렇다곤 해도 완전히 세상에 없던 물건이 뿅 하고 튀어
나오는 건 아니에요. 내년에 나올 후속 모델이라는 것도 올
해 나온 것의 발전형이고, 또, 매년 성장해야만 하는 회사 입
장에선 고객들에게 끊임없이 발전하고 변화하는 것을 보여
줘야 하니까요."

"그치. 다만, 엄마도 머리로는 이해하겠는데, 가슴이 따라
주진 않단 이야기야."

사모는 어깨를 으쓱였다.

"자동차만 하더라도 타던 걸 신차로 바꿀 땐 미묘한 심리
적 저항이 있기 마련이거든. 그나마도 중고차 시장에 판매하
는 것으로 부담을 덜긴 하지만."

"돈 때문에요?"

그렇게 안 봤는데, 거듭 의외라는 생각을 하는 찰나.

"그런 게 아니야. 얘도 참."

사모가 떨떠름한 얼굴로 고개를 저었다.

"뭐, 다른 사람들은 돈 때문에라도 그런 생각을 하겠지만, 엄마의 경우는 중고로 양도할 때 내가 아끼던 차를 다른 사람이 제대로 써 주리란 믿음도 있는 거란다. 성진이는 아직 운전대를 잡아 본 적이 없어서 모르겠지만."

전생의 기억과 대조해, 아주 이해 못 할 바는 아니었다.

생사고락을 함께해서인지, 아니면 그 가격이 만만찮은 녀석이어서인지, 자동차를 바꿀 때면 나조차도 어딘지 모르게 '아깝다'는 생각을 하기 마련이었으니까.

'흐음. 자동차라.'

한편, 사모가 자동차에 빗대 말하는 걸 들으니, 감상적인 부분을 차치하고 한 가지 떠오르는 게 있었다.

'중고 핸드폰 판매와 관련해서도 고려는 해 봄 직하겠군.'

중고 핸드폰 판매 시장은 의외의 블루 오션으로, 2010년대 중반부터 연 20%의 성장세를 보이며 조 단위로 거듭나기 시작하던 분야였다.

90년대 후반에서 2000년대 중반까지, 피처폰 시장은 말 그대로 '매 분기 새로운' 혁신을 자아내는 물건이 쏟아지던 시절이었다.

따라서 피처폰 시장 당시만 하더라도 작년에 나온 따끈따끈한 신제품이 고물이 되기 일쑤였던 데다 중고가 방어도 제대로 이루어지지 않아 '쓰는 사람만 쓰는' 정도에서 그쳤으나.

스마트폰이 출시되고 난 이후, 모바일 기기의 성능이 상향 평준화되고 다들 고만고만해지는 시점이 오자 중고 핸드폰 시장은 주목을 받기 시작하며 가파르게 성장하기에 이른다.

거기에 주목한 대기업이 발을 붙이기 시작할 정도였으니, 오죽할까.

그쯤하면 이미 레드 오션이나 진배없단 의미이기도 했다.

'자동차에 빗대어 생각했더니, 또 한 가지 생각나는 게 있어.'

신용카드 업체와의 제휴.

문득, 한대카드의 성장 배경에는 그들의 계열사이자 캐시카우인 자동차 시장과 연계에 있단 것도 생각났다.

목돈을 들고서 덜컥 신차를 구매하는 소비자는 그리 많지 않다.

보통, 사회 초년생이 면허를 따고 자동차 시장에 입문하게 되면 으레 중고차 시장을 기웃거리다가 '다음 차'를 뽑을 땐 큰마음을 먹은 뒤 대출금을 끼고 구매를 고려하게 되는데.

이때, 이맘때쯤 사회초년생을 갓 벗어난 일반인들이 손에 든 신용카드가 그 선택에 도움을 주게 된다.

혹자는 국내 한대자동차와 한대카드의 높은 점유율이 두 계열사의 전략적 제휴에 기인한 상호 원인이라고 보았는데, 한대카드는 차량 구매에 따른 여신 목적에 한대자동차를 적극적으로 끌어들였다.

그 결과, 한대카드는 국내 신용카드 시장 1위, 한대자동차는 국내 차량 시장 1위로 거듭나게 되는데, 이러한 두 계열사의 전략적 제휴와 두 회사의 성적은 아주 무관하지만은 않으리라.

'그러니 만일 통신사 할부 보조금 정책을 변형해, 자사의 금융 상품과 연계해서 이를 조금 일찍 끌어들일 수 있다면……'

해 볼 만하다.

더군다나 잘만 노리면 통신사의 갑질 아닌 갑질도 다소 방지할 수 있을 터이고.

'그러자면 이휘철과 이태석의 도움이 필요하겠는걸.'

신용카드와 핸드폰의 제휴 사업은 그들에게 넘기더라도, 중고폰 시장은 SJ컴퍼니가 집어삼킬 수도 있으리라.

잠시 생각에 잠겨 있으려니, 사모가 웃는 얼굴로 나를 보았다.

"또 뭔가가 생각난 모양이구나?"

"예? 아, 그게……."

"뭐, 어떠니. 엄마도 명색이 SJ컴퍼니의 대표인걸. 그야 지금은 우리 아들이 하는 일에 이름만 빌려준 것에 불과하지만, 언젠가는 너한테 넘길 거고…… 이렇게라도 도움이 되었으면 엄마는 그것만으로도 기뻐."

그러면서 사모는 나를 꼭 끌어안았다.

"우리 왕자님, 예쁘기도 하지."

"……."

이성진의 몸에 들어온 지도 어언 3년째에 접어들고 있었지만, 사모의 일방적인 모성은 여전히 어색하고 부담스러웠다.

이성진을 향한 그녀의 애정은 전생에 없던 쌍둥이의 출산 후에도 퇴색하지 않았고, 거기엔 오히려 내게 있는 재능을 쌍둥이며 이희진이 본받길 바라는 감상도 있었다.

이러한 사모의 모성은 전생의 이성진을 향한 것과도 어딘지 달랐다.

사모는 사고뭉치에 망나니 기질마저 있던 전생의 이성진을 알게 모르게 뒷바라지하며 종종 나를 불러 개인적인 명령을 내리기도 했는데, 거기서 나는 희미한 자책과 냉소의 흔적마저 읽어 낼 수 있었다.

'가없는 애정과 동시에 미묘한 거리감 같은 것이 있었지.'

비록 사모의 애정이 '팔이 안으로 굽는' 경향이 있다지만, 그녀는 본질적으론 선량하고 자애로운 사람이었다.

그렇기에 그 흘러넘치는 애정이 이번 생엔 한성아에게도 이어졌고, 한성아와 사모의 관계는 전생과 아주 다른 형태로 나타나게 되었다.

반면.

나로선 이성진에게 의태하고 있을 뿐이라는 스스로의 입장과 그걸 알 리 없는 사모의 애정을 이용하고 있다는 생각 탓인지, 모종의 죄의식과 더불어 그녀의 애정에 반비례하는 어색함을 내색하지 않을 수 없었다.

사모 역시도 그런 내 의도적인 거리감을 의식하고 있는 것일까.

나를 끌어안은 지금의 포옹도 왠지 모르게, 그녀의 애정 아래로 그녀를 두고 멀리 떠나 버릴 것만 같은 대상을 꼭 붙들어 매기 위함이란 느낌마저 받았다.

"어느새 이렇게 부쩍 자라 주어선."

사모는 내가 그 포옹을 벗어나기 전, 내 머리를 쓰다듬으며 스스로 포옹을 풀어냈다.

"방에 올라가면 또 컴퓨터로 타닥타닥 하겠지?"

"예. 하지만…….."

"적당히 하고 일찍 자렴. 겨울방학이라고 매번 그러면 못쓴다?"

그녀의 말씨엔 나를 일반적인 초등학생 수준으로 끌어내리려는 의도마저 느껴졌다.

"네."

"오늘은 〈신장개업〉 방송 일로 성진이랑 이야기나 해 볼까 했는데, 우리 아들이 바쁘니 엄마가 알아서 해야겠구나."

"아뇨, 괜찮습니다. 말씀하세요."

사모는 고개를 저었다.

"아니야. 이미 도장만 쾅, 찍으면 끝날 일인걸. 게다가 마동철 전무님도 도와주고 있고, 오늘 회사에 찾아갔던 것도 어디까지나 겸사겸사였으니까."

그 '겸사겸사'란 말에서 그녀가 안동댁과 함께 '반찬 가게와 관련한 업무'를 보았음을 짐작했지만.

사모는 내가 짐작해 내리란 걸 짐작한 듯 미소 띤 얼굴로 말을 이었다.

"그럼 이만 올라가려무나. 엄마는 아빠 나오시면 들어갈테니까."

나는 그 축객령 아닌 축객령에 별수 없이 핸드폰을 챙겨 자리에서 일어섰다.

"예, 그럼 어머니, 안녕히 주무세요."

"응. 성진이도 잘 자."

나는 계단을 오르며 사모를 힐끗 쳐다보았다.

그녀는 TV 볼륨을 다시 높일 생각도 않고 가만히 앉아 있을 뿐이었고, 나는 그런 사모에게서 고개를 돌려 방으로 올라갔다.

4장

'통통 프로덕션'은 경영상으론 SJ컴퍼니와 분리되어 있었지만, SJ컴퍼니의 자회사인 SJ엔터테인먼트가 지분의 30%가량을 쥔 대주주로 있는 탓에 사실상 손자회사나 다름없는 위치의 회사였다.

'엄밀히 파고들면 그렇지만도 않지만.'

어지간해선 경영에 주주들의 개입이 없게끔 하려는 내가 구태여 이렇게 번거로운 방식을 채택한 건 SJ엔터의 임원으로 거듭난 마동철에게 이를 믿고 맡기겠단 의미뿐만 아니라, 방송 제작 업체의 기묘한 배타성 때문이기도 했다.

그들에겐 여의도로 대변되는 그들만의 리그와 인맥 등이 버젓했고, 굴러온 돌이 이 박힌 돌을 빼내려면 적잖은 노력이 필요했다.

지금 와서는 제법 콧방귀깨나 뀌는 SJ엔터였지만, 그것도 어디까지나 백하윤이 대표로 있는 바른손레코드의 도움이 있었다는 걸 감안해야 마땅했다.

'그조차도 어느 정도 한계는 있었지.'

그래서 설립한 것이 통통 프로덕션이었다.

통통 프로덕션은 작년쯤 우리가 신경을 기울여 물밑 협상을 통해 인수 합병하며 사명을 변경한 회사로, 그 모체는 삼광 그룹이 1960년대쯤 창립한 TBS가 필요에 의해 설립한 자회사 중 한 곳이었다.

TBS. 그 시절 공전 절후한 히트를 기록한 드라마인 〈아씨〉며 전 세계적으로 센세이셔널했던 외화 드라마인 〈뿌리〉를 배급하는 등 한때는 잘나갔던 민영방송이었다.

'한때는 잘나갔단 의미는, 다시 말해 지금은 아니란 의미지.'

잘나가던 TBS가 공중분해 된 건 정치권의 입김 탓이었다. 1980년대에 이르러 신군부는 언론 통폐합 정책을 발표했다.

그 결과 TBS는 산산조각이 났고(이때 당시, 이휘철은 길길이 날뛰며 부득부득 이를 갈았다고 한다), 대부분이 국영방송인 KBC2TV 산하로 흡수되기에 이른다.

이후 민주화의 바람이 불고 정부가 제6공화국 시절로 들어선 이후, 91년도에 민영방송인 SBC가 출범하기에 이르지만.

삼광은 나서지 않았다.

정부의 강압으로 한 차례 철퇴를 맞은 삼광 그룹은 방송계에 섣불리 손을 대려 하지 않았고, 그러잖아도 이미 그 핵심 자산이며 라이센스 등은 이미 국영방송인 KBC로 흡수된 지 오래.

설령 뒤늦게 다시 시작하려 해도 방송가는 이미 그들만의 견고한 카르텔로 구축되어 있던 상황이었다.

'더군다나 한 번 무산된 걸 다시 일으켜 세우려니 의욕도 나질 않는 거지.'

한편, 거기서 낙동강 오리알 마냥 살아남아 있던 것이 TBS의 자회사이자 통통 프로덕션의 전신인 '동양비디오'였다.

그런 삼광그룹 입장에서 이 동양비디오는 도려낸 맹장 같은 곳이었다.

제조업체로 노선을 변경한 삼광으로선 이제 와서 다시금 방송국을 만들어 인재를 키우는 모험을 감행할 필요를 느끼지 못했고, 그렇다고 '동양비디오'를 어디론가 팔아 치우거나 삼광이 흡수할 까닭도 없는 상황.

그 와중 동양비디오는 해외 미디어 수입 유통, 삼광 그룹 내부의 사내 방송 외주 납품 등으로 근근이 명맥을 이어 갔다.

'이를 두고 독립채산으로 각개전투를 뛴다는 표현을 해야 하나.'

그래도 이때는 '비디오 대여점'으로 대변되는 VHS 시장이 쏠쏠한 재미를 보던 시절이어서—그조차도 전성기인 90년 대 초반엔 미치지 못하지만—그나마 괜찮은 편이었으나.

이후 원래 역사 속 동양비디오는 VHS 시장이 사양길에 접어들며 경영이 악화, 삼광 그룹의 광고 계열사인 제화기획 에 일부가 흡수되고 나머지는 삼광 그룹 내의 서비스 부서 아래로 재편되며 그 흔적조차 사라지고 만다.

그러던 것을 이번엔 SJ컴퍼니 산하로 인수 합병되며 '통통 프로덕션'으로 사명을 변경한 것이 현 상황이었다.

'그렇기에 주식회사의 형태로 외부 경영 개입이 가능하게 끔 해 둔 것이지.'

통통 프로덕션은 사실상 한국 방송업계의 터줏대감이나 마찬가지였던 TBC의 아픈 손가락. 그 존재를 온전히 집어삼 키는 건 하책이다.

'그랬다간 경계와 동시에 견제가 올 거야.'

그런 까닭에 우리는 통통 프로덕션으로 하여금 의미적으 론 독립된 경영 형태를 지향하는 방식을 취하는 한편, SJ엔 터의 높은 지분율을 통해 보험을 들어 놓았다.

'그러니 우리로선 방송국 카르텔에 접근할 명분과 실리, 두 마리 토끼를 잡을 수 있게 되었고.'

다만 두 마리 토끼를 잡는다는 취지로 감행한 계획이었으 되, 그게 어느 정도 선까지 이뤄질지 여부는 아직 미지수였다.

나는 전예은과 마동철을 대동하고 TBC의 구사옥 건물이 있던 M동으로 향했다.

동양비디오, 아니 통통 프로덕션은 1960년대에 지어진 갈색 빌딩에 입주해 있었는데, 리모델링을 거치지 않은 건물은 이 시대 기준으로도 낡아 보였다.

'조만간 분당 사무실로 이전을 시킬 예정이지만.'

아직 '동양비디오'라는 간판을 떼지 않은 통통 프로덕션은 그 건물 3층에 위치해 있었다.

우리가 사무실로 들어서자, 사전 방문 예약을 확인한 경리 겸 비서가 우리를 안쪽 사장실로 안내했다.

"사장님, SJ엔터테인먼트의 마동철 전무님이 찾아오셨습니다."

임직원 평균 연령이 40대 중반인 통통 프로덕션의 사장은 이태석보다 한참 위, 이휘철보단 아래인 연배의 노령자로, 새하얀 눈썹 아래 사람 좋아 보이는 눈웃음을 띠고 우리를 반겼다.

"어이쿠, 마동철 전무님이 오셨군요. 어서 오십시오."

"그간 안녕하셨습니까."

위치상으론 명실상부한 갑의 위치에 있는 마동철은 사장에게 깍듯이 인사했다.

'마동철의 됨됨이가 그런 것도 있겠지만, 저래 봬도 업계

에선 대선배나 마찬가지니.'

통통 프로덕션의 사장인 박일춘은 너털웃음으로 우리를 자리에 안내했다.

"허허허, 뭘요. 전무님 덕분에 사무실이 오랜만에 제법 분주합니다."

뒤이어, 그 시선이 나와 전예은에게 닿았다.

"오늘은 어린이 손님도 계시는군요. 실례가 안 된다면 소개를 들을 수 있겠습니까?"

나는 이 사람 좋아 보이는 할아버지에게 '전예은은 딱히 어린이가 아니'라는 말을 하는 대신 미소 띤 얼굴로 명함을 건넸다.

"처음 뵙겠습니다, 사장님. 저는 SJ컴퍼니 사장인 이성진이라고 합니다."

내 인사에 박일춘은 주름진 눈가의 눈웃음을 동그랗게 바꿔 고쳐 뜨더니 나를 한참 바라보다가.

"아, 아아. 그랬군요. 역시."

놀란 기색을 감추지 않으며 내 양손을 맞잡았다.

"이성진 도련님이셨군요. 아주 듬직하게 자라 주셨습니다. 마치 예전의 부친을 뵙는 듯해요. 미처 알아뵙지 못해 송구스럽습니다."

나는 그 목소리가 물기를 머금고 희미하게 떨리는 느낌마저 받았다.

'……어라, 이성진이랑 구면이었나?'

나는 혹시 괜한 일을 벌인 건가, 싶은 께름칙한 기분을 억누르며 미소로 그 말을 받았다.

"죄송합니다, 구면인 듯한데……."

"허허, 아뇨, 아닙니다."

그는 여전히 내 손을 꼭 잡은 채 고개를 저었다.

"저는 도련님께서 어리실 적, 아주 먼발치서 뵈었던 것에 불과합니다. 회장님의 생신 때였습지요. 도련님께서 저를 몰라 뵈는 것이 당연합니다."

"아……."

그가 어떤 사내인지, 나는 전예은의 귀띔을 받지 않아도 대강 알 듯했다.

아주 오래 전부터 이휘철에게 충성을 바쳤던 사람.

그리고 그 '충심'을 여전히 지키고 있는 사람.

'나로선 정작 이휘철이 이 남자를 기억이나 하고 있을지도 모르겠는데.'

지금은 스스로를 '뒷방 늙은이'라며 능청스레 자조하고 있는 이휘철이지만, 맨손으로 삼광 그룹을 일궈 낸 그의 카리스마는 결코 얕잡아 볼 것이 아니었다.

지금도 그럴진대, 하물며 전성기 때는 오죽했을까.

그가 동양비디오를 꾹 쥐고 있었던 것도, 다른 방송국의 제안을 거절해 오다가 비로소 SJ컴퍼니의 제안에 응했던 것도.

모두 이휘철의 회장 시절 유산이었던 셈이었다.

"이런 누추한 곳에 도련님을 모시게 된 것에 몸 둘 바를 모를 지경입니다. 아, 자리를 옮길까요? 저 앞에 나쁘지 않은 카페가 있습니다만……."

"아뇨, 아닙니다. 신경 써 주셔서 감사합니다."

나는 이 저자세의 노인에게 당황하며 손사래를 치려 했지만, 양손이 여전히 꼭 붙잡힌 상황이어서 고갯짓만 해야 했다.

박일춘은 내 손등을 툭툭 두드린 뒤 나를 자연스레 상석으로 안내했지만, 나는 눈치껏 사양하며 우측면에 앉았다.

그럼에도 불구하고 박일춘은 구태여 상석을 비운 채 내 맞은편에 앉으며, 상석을 비운 채로 자리 배치의 역학이 기묘하게 전개되었다.

그는 자리에 엉덩이를 붙이자마자 몸을 앞으로 기울였다.

"도련님, 얼마 전 회장님께서 좋지 못한 일을 겪으셨는데, 지금은 안녕하십니까?"

"아, 예. 아주 건강하십니다."

건강하다 못해 너무 정력적이라 문제지.

오히려 나로선 이따금 회장직에서 은퇴한 것이 맞나, 의심스러울 지경이었다.

"조부님께선 회장직에서 물러나신 뒤, 저희 회사의 경영 고문으로 재직 중이시고요."

내 말에 박일춘은 자신의 무릎을 툭툭 두드리며 의자에 등을 붙였다.

"다행입니다, 아주 다행이에요. 원래는 제가 직접 찾아가 안부를 여쭈어야 마땅하지만, 폐가 될까 저어하고 있었습니다."

"……."

"저도 회장님의 은퇴 소식은 들었습니다만, 이런 식으로 도련님께 도움을 드리고 계셨을 줄은 몰랐군요. 회장님과는 달리 이 늙은이는 나이만 헛먹어 이순(耳順)의 경지에 이르지 못한 모양입니다, 허허허."

아니, 오히려 '전' 회장님이자 현 경영고문에게 경영권을 뺏기지 않으려고 노심초사 중입니다만.

'그런 걸 입 밖에 낼 수는 없지.'

한편, 얼추 나만 한 나이의 손주가 있을 연배의 사람에게 이 정도의 극진한 환대를 받고 있으려니 나로선 그게 불편하고 어색했다.

'어차피 그의 극진함은 어디까지나 나를 통해 이휘철의 그림자를 비쳐 보고 있을 뿐이니.'

해서, 나는 정중하지만 선을 긋는 어조로 그 말을 받았다.

"신경 써 주셔서 감사드립니다. 조부님께도 사장님의 안부를 전해 드리겠습니다. 다만, 오늘은 삼광 관계자가 아닌, SJ컴퍼니를 대표해서 찾아왔으니 관련해 논의를 진행했으면 합니다만."

일견 무례해 보일 수 있는 행동에도 불구하고, 박일춘은 아랑곳하지 않으며 스스로를 자책하는 모습마저 보였다.

"물론이지요. 이거 참, 늙은이가 도련님을 불편하게 해 드린 것 같아 죄스럽습니다. 허허."

이왕 말이 나온 김에 '도련님' 운운하는 것도 관둬 줬으면 싶었지만, 거기까지 관여하는 건 어딘지 저항감이 있어서 별수 없이 개입하지 않기로 했다.

'어찌 되었건 일단 그가 내게 호의적이라는 건 잘 알겠으니까.'

나는 미소 띤 얼굴로 전예은을 보았고, 그녀는 재깍 들고 온 케이스에서 서류를 꺼내 탁자 위에 놓았다.

나는 박일춘의 시선이 탁자로 향한 틈을 노려 입을 뗐다.

"문의드린 신규 방송 제작 건으로 바쁘신 줄은 압니다만, 그것과 별개로 파일럿 프로그램을 한 가지 의뢰드리고자 합니다."

"꼬마 아가씨가 가져온 서류가 그것인 모양이군요."

박일춘이 허허 웃으며 전예은을 보자, 그녀는 얼른 꾸벅 고개를 숙였다.

"인사가 늦었습니다. SJ컴퍼니의 사장 비서인 전예은이라고 합니다."

"그러셨군요. 도련님을 잘 부탁드리겠습니다."

"예. 유념하겠습니다."

뒤이어 박일춘은 자연스레 서류에 손을 가져갔다가 나를 바라보았다.

"아무래도 제 몫인 듯한데, 실례가 안 된다면 이 자리에서 읽어 보아도 되겠습니까?"

순간, 나는 노인의 언뜻 스치고 지나간 눈빛에서 형형한 안광을 읽었으나.

나는 그 관찰을 내색하지 않으며 고개를 끄덕였다.

"물론입니다. 필요하시다면 설명을 해 드리겠습니다만……."

"도련님께 공연한 수고를 끼쳐 드릴 수는 없지요. 빠르게 훑어보겠습니다."

박일춘은 양복 안주머니에서 안경을 꺼내어 코끝에 걸쳤고, 그가 말한 '빠르게 훑는다'는 말이 허언이 아닌 듯 마치 나이를 잊은 것처럼 페이지를 홀홀 넘겼다.

"흐음."

이윽고 박일춘은 서류를 탁자에 내려놓으며, 안경 너머로 나를 보았다.

"이런 말씀을 드려도 될지 모르겠습니다만, 상당한 도박수로군요."

도박수?

우리는 박일춘을 물끄러미 바라보았다.

박일춘은 안경을 벗고 탁자 위의 서류를 물끄러미 내려다 보았다.

"제가 잠시 훑어본 것에 불과하지만, 보여 주신 서류의 방송 구성이며 취지, 편성의 흥미도는 상당했습니다."

물론 그러시겠지.

해당 서류는 내가 밤새 작성한 물건을 마동철의 검수를 받아 완성한 것이니, 구성 면에서는 흠을 잡기 어려울 것이다.

'근 미래를 감안하면, 어느 정도 성공이 보장된 기획이기도 하고.'

박일춘은 힐끗 시선을 돌렸다가 입을 열었다.

"다만 그것과 별개로……."

마침, 똑똑 하고 노크 소리가 들리고 비서 겸 경리가 다과를 가지고 왔다.

"실례하겠습니다."

그녀는 능숙한 동작으로 각 자리에 다과를 배치했고, 정중히 고개를 숙이며 물러서려 했다.

그런 그녀에게 박일춘이 말을 던졌다.

"박승환 전무는 언제쯤 온다고 합디까?"

"곧 온다는 연락을 받았습니다."

"들어오는 대로 들르라 전하시오."

"예, 사장님."

나나 마동철 앞에서와 달리, 부하를 대하는 어조에선 차분

함과 적잖은 위엄이 느껴졌다.

'내 앞에서의 호감 가득한 태도와 달리, 저 모습이야말로 그의 진면목 중 한 단면이겠지.'

그녀가 사장실을 나서자마자 박일춘은 미소를 지으며 나를 보았다.

"이거 참 실례했습니다. 마침 목이 말랐는데 잘되었군요. 이때를 대비한 건 아니지만 마침 좋은 찻잎이 들어와 다행입니다. 별것 아니지만 모쪼록 즐겨 주시면 바랄 게 없겠습니다."

"감사합니다."

그는 구태여 내가 차를 한 모금 마시길 기다렸고, 나는 하는 수 없이 먼저 찻잔에 손을 댔다.

그가 준비한 건 맑은 옥로였다.

'제법 좋은 물건 같은데.'

상등품 녹차 특유의 구수하고 살짝 달큰한 향이 내 코끝을 맴돌았다.

이후, 박일춘은 내 뒤를 따라 차향을 맡은 뒤 입에 한 모금을 머금어 삼켰다.

"늘그막에 들인 별것 아닌 취미 중 하나입니다만, 도련님의 입에 맞으셨으면 좋겠군요. 필요하시다면 주스를 대령하겠습니다만……."

"아닙니다, 맛있습니다."

차를 품별하고 즐길 만큼 미각이 빼어난 건 아니지만.

나는 찻잔을 내려놓으며 말을 이었다.

"그런데, 사장님께서 도박수라고 말씀하신 까닭을 여쭤봐도 괜찮겠습니까?"

박일춘은 허허 웃으며 마주 찻잔을 내려놓았다.

"허허, 앞서 무심결에 도박수란 말씀을 드렸지요. 비유가 다소 천박하여 도련님의 품성에 맞지는 않습니다만⋯⋯."

"아닙니다. 괘념치 마세요."

나는 방금 전 박일춘의 시선이 사장실을 가로지르는 창을 향했던 걸 눈치채고 있었다.

'일부러 뜸을 들여서 대화의 주도권을 잡아오려던 거야.'

아닌 것 같으면서도 은근 능구렁이로군.

'삼광은 사실 알고 보면 뱀 사육장이 아닐까.'

내가 내색하지 않는 척하며 그를 보자, 박일춘이 자세를 고쳐 앉았다.

"사실 일반적인 경우라면, 도련님께서 보여 주신 내용은 그 어떤 방송사도 편성을 해 주지 않을 겁니다."

"⋯⋯."

박일춘은 내 침묵을 지켜보며 말을 이었다.

"그러니 도련님께서 보여 주신 기획의 완성도와는 별개로, 여기엔 방송국의 역학 관계를 고려치 않고 있었습니다."

역학 관계라.

나는 잠시 생각하다가 그 말을 받았다.

"편성 시기상의 문제입니까?"

"역시 도련님께선 영특하시군요."

박일춘이 미소를 머금었다.

"그렇습니다. 도련님께서 제게 보여 주신 방송 기획은 설날 특집을 노려 제작하셨지요. 하지만 이 시기엔 대부분 방송 편성이 마무리된 상황입니다. 관련하여 이미 광고도 판매되었을 것이며, 스케줄도 완료되었겠죠. 설날 특선 프로그램이란 건 방송가에도 일대 행사거든요. 온 가족이 안방에 모여 TV를 보는 것만큼 화목한 일도 달리 없으니까요."

박일춘은 입맛을 한차례 다시더니 무언가를 계산하듯 손가락을 무릎 위에서 두드리곤 말을 이었다.

"또, 만일 해당 방송 제작 착수에 들어가 촬영에 들어간다고 하면, 여건상 물리적인 시간은 4박 5일, 거기에 편집 과정을 거치고 이런저런 손을 대고 나면 못해도 일주일 정도는 걸릴 겁니다. 더욱이 '배우'가 준비되지 않은 현재 상황이라면 촬영 시간도 더욱 지연될 테고요."

"……."

"또, 외주제작자란 건 그네들 입장에선 어디까지나 부외자이지요. 꽉 막힌 남들 동네 잔치판에 부외자가 끼어들기란 순탄치 않은 법이거든요."

외주제작자의 입김이 약한 시대였다.

이 시대 대부분의 방송은 해당 방송사에서 자체 제작하기 일쑤였고, 외주제작자란 어디까지나 방송국이 구태여 신경 쓰지 않는 별것 아닌 가려운 부분을 긁어 주는 역할에 그치기 마련이었다.

나는 가만히 그 말을 듣다가 끼어들었다.

"그러면, 현 상황에선 편성이 불가능한 겁니까?"

박일춘은 입가에 미소를 머금었다.

"허허. 이 늙은이가 앞서 말씀드린 도박수 운운했던 걸 구태여 끄집어내겠습니다. 영특하신 도련님이니 응당 아시겠지만 도박수라는 건 가능한 확률도 있기 마련이란 의미지요."

박일춘은 소리 내어 웃으며 손가락 세 개를 펼쳐 보였다.

"굳이 무리를 하면서까지 해당 시기 방송을 내보내야 한다면, 세 가지 방법이 있습니다."

"경청하겠습니다."

박일춘은 손을 내리며 미소를 지었다.

"예. 한 가지는 방송사에 해당 구성을 넘겨 그들이 제작하게끔 밀어주는 겁니다."

"……흠."

즉, 죽 쒀서 개 준다는 거로군.

하책을 먼저 제시한 것이 마음에 들지는 않았으나, 나는 일단 고개를 끄덕였다.

"해당 방안의 장점은 일단 기획이 통과할 가능성이 높다는 점에 있겠군요."

"그렇습니다."

박일춘은 내 말을 긍정하며 해당 방안의 장점을 언급했다.

"방송국 입장에서도 기획이 매력적이고 시청률을 보장할 수 있다는 판단이 선다면 두말없이 통과시켜 줄 겁니다. 다만."

노인은 턱을 매만졌다.

"방송국이라는 곳은 도련님께서 생각하시는 이상으로 관료적이죠. 서류가 윗선까지 올라가기까진 적잖은 시간이 소요될 겁니다. 그리고 그 윗선까지 올라간 서류가 심사를 거쳐 아래로 하달되기까지 걸리는 시간도 적잖이 소요되겠지요. 또, 그 과정에서 원본에 어느 정도 방송사 재량껏 수정이 가해질지도 모를 일이고요."

대놓고 하책임을 어필하시는군.

뒤이어 그는 세 손가락을 펼친 손의 약지를 접었다.

"두 번째는 당초 계획대로 저희 동양…… 어이쿠, 통통 프로덕션이었지요. 죄송합니다, 아직 입에 익질 않아서."

박일춘은 허허 웃으며 말을 이었다.

"도련님께서 당초 예정하신 대로 통통 프로덕션이 외주를 맡아 모두 제작하는 방안입니다. 여타 외주제작 프로그램과 마찬가지로 방송국 측과 협의를 거친 뒤, 자사가 제작한 프로그램을 검토하고 방송국이 이를 승인하는 형태가 될 겁니다."

그는 차를 한 모금 마셨다가 찻잔을 내려놓았다.

"물론 현 상황에선 어느 정도 손해를 감수하셔야 합니다. 아마도 들인 정성에 비례하지 않는 대우를 받게 되겠지요. 그도 그럴 것이 앞서 말씀드렸듯 저희는 어디까지나 부외자에 불과하니 말입니다. 또한 기획이 통과될지 여부도 아직은 미지수입니다. 도련님께서 바라는 시간대에 편성되지 않을 확률도 공존하고 말이지요."

그 뒤, 박일춘은 중지를 접으며 지체 없이 말을 이었다.

"세 번째 방안은 방송국 측과 공동 제작에 임하는 것입니다."

공동 제작.

통통 프로덕션 측이 촬영과 녹음, 편집까지 마치는 두 번째 방안과 달리, 어느 정도는 방송국에 재량과 역할을 떠넘겨 그들의 지분을 담보하는 방식이었다.

이는 방송국 입장에서도 나쁘지 않은 이야기일 뿐만 아니라, 기획이 통과할 가능성도 두 번째 방안보다 높으리란 의미에선 다분히 합리적이었다.

'또한 방송국도 파일럿 이후 반응을 보아 후속 편성이 결정될 경우, 해당 기획을 타 방송국에 빼앗기지 않겠단 명분을 쥘 수 있지.'

박일춘은 손을 내려 깍지를 꼈다.

"만일 도련님께서 세 번째 방안을 추진하시겠다고 하면, 저희는 방송국의 전문적인 노하우와 유행에 걸맞은 편집을 빌리는 한편, 방송국 산하의 스튜디오에서 공채 출신 배우들을 MC로 삼는 섭외 역시 가능해지겠지요. 여기엔 제작비 절감이라는 부수 효과도 누릴 수 있을 뿐만 아니라 프로그램 편성에서 나쁘지 않은 시간을 할당받을 수도 있을 겁니다. 아주 황금 시간대를 노릴 수 있단 보장은 없으나, 완성도에 따라선 해당 가능성을 높이 점쳐 볼 수도 있겠지요.”

대놓고 장점뿐이며, 거기에 거짓은 없었다.

나는 박일춘의 말 속에서 일견, 그가 ‘세 번째 방법’을 호기롭게 밀어붙인단 인상을 받았으나.

‘……아니, 꼭 그렇지만도 않아.’

박일춘이 주장한 것과 달리, 그 이면을 들여다보면 장기적으로 이쪽이 가장 큰 이득을 보는 방안은 어디까지나 ‘두 번째’였다.

‘동시에 방송국 시스템이 녹록지 않음을 그다운 방식으로 풀어서 풋내기인 내게 전달한 셈이지.’

더군다나 이미 힌트도 있었다.

‘이야기로 들어가기에 앞서 그가 일반적인 경우, 라고 말했던 내용.’

그는 나를 향한 일방적인 호의 가운데, 폐가 되지 않는 선에서 내 역량을 가늠해 보려는 것이리라.

실제로, 그가 제시한 세 번째, 정반합의 결론에 이른 방안도 그 자체론 나쁘지 않으나.

'그게 최선의 수는 아니란 거겠지? 뭐, 좋아. 그럼, 어디.'

나는 일부러 전예은을 바라보았다.

"예은 씨라면 어떤 걸 고르시겠어요?"

"예? 아, 저는……."

물끄러미 차와 곁들여 나온 양갱을 바라보고 있던 전예은은 이 상황에서 내가 자신에게 말을 걸어올 줄 몰랐다는 양 조금 놀랐지만.

"……통통 프로덕션 사장님께서 제안하신 두 번째 방안을 추진하는 게 좋을 듯해요."

기대했던 대로, 조심스럽지만 당당하게 자신의 의견을 표했다.

'역시. 사람 보는 눈이 있단 건 허언이 아니야.'

한편, 거기서 박일춘은 전예은이 단순한 비서 이상의 위치일 것이라 짐작했는지, 그녀를 물끄러미 쳐다보았다가 고개를 돌렸다.

"그렇군요. 도련님께서는 어떻게 생각하시는지요?"

나는 미소 띤 얼굴로 당당히 대답했다.

"저도 물론, 예은 씨 의견에 동의하는 바입니다."

마동철은 여기서 한마디 거들고 싶어 하는 모양이었지만, 자신이 낄 상황이 아니라고 여겼는지 입을 꾹 다물고 있었다.

'다 사정이 있는 겁니다.'

만일 통통 프로덕션이 '평범한' 외주 방송 제작 업체라고 하면, 박일춘이 제시한 세 번째 방안은커녕, 첫 번째 방안을 밀어붙여도 성공을 담보하기 어려웠으리라.

하지만 통통 프로덕션은 비록 이 시점엔 영세할지언정 그 실체는 결코 평범하지도, 일반적이지도 않았다.

'그야, 통통 프로덕션은 사실상 TBC의 정통을 잇는 후계나 마찬가지인 곳이니까.'

방송업이라는 것이 사실상 '사람'이라고 하는 인적 자원에 좌지우지되는 업계인 만큼, 거기엔 일반적인 기업 논리와 별개의 특수한 룰이 존재했다.

TBC가 정부의 강압으로 철폐되면서, 그 자산은 고스란히 민영방송사인 KBC로 넘어가고 말았다.

그리고 그 자산 중엔 방송 장비며 사옥 건물만 있던 것이 아니었다.

거기엔 TBC가 따 놓은 각종 저작권이며 제작 프로그램의 라이센스뿐만 아니라, 무수한 인적 자원의 이직도 동반했다.

1960년대에 개국한 TBC는 각종 드라마를 히트시키며, 이제는 원로 대우를 받는 TBC 공채 출신 연예인을 여럿 KBC에 넘겼을 뿐만 아니라 PD, 촬영감독 등등이 있었고.

그들은 TBC를 인수한 KBC에 의해 우수한 재원으로서 내부에 굵직한 한자리씩은 차지한 상황이었다.

'내가 구태여 번거로운 방법으로 동양비디오를 지원한 까닭이 여기에 있지.'

이제는 존재하지도, 다만 역사 속으로 스러지고 말았을 뿐이라 여길 뿐인 TBC의 유산은 여전히 실체를 띤 채, 세상에 그 흔적을 아로새기고 있었다.

'그리고 그건 계기만 마련되면, 언제든 기지개를 켤 준비가 되어 있었고 말이야.'

삼광이 저버리고 만 것처럼 보이는, 그저 몰락한 것으로 여겨질 뿐이던 TBC에 그 자회사인 SJ컴퍼니가 날개를 달아준다면.

'……그 누구도 무시할 수 없는 다윗이 되지.'

나는 나를 물끄러미 바라보는 박일춘에게 미소 띤 얼굴로 말을 이었다.

"또한, 저라면 KBC2TV에 편성될 수 있도록 하면 참 좋을 것 같은데요."

그리고 내 말을 들은 노인은 입가에 서서히 미소를 걸었다.

"과연 도련님이십니다. 역시 제가 아는 회장님의 손자다운 말씀이시군요. 저는 오랜만에 옛 시절로 돌아간 기분마저 느꼈습니다. 허허허."

그렇다.

'어설프게 타협할 바엔 모든 것을 잃거나 얻겠단 욕심쟁이의 가르침이지.'

어리둥절해하는 마동철을 뒤로하고, 우리는 미소를 주고

받았다.

"그러면 도련님이 말씀하신 방안대로 추진해 보겠습니다. KBC2TV라, 연락처를 뒤적여 보아야겠군요."

"예, 실무 부분은 사장님께 부탁드리겠습니다."

박일춘은 무릎을 툭툭 두드린 뒤, 미소 띤 얼굴로 나를 보았다.

"이거 참, 오랜만에 움직일 일이 생기고 말았습니다만, 나쁘지 않군요. 그나저나……."

그러면서 박일춘은 벽시계를 힐끗 쳐다보았다가 비서가 올 때 그러한 것처럼 사무실과 맞닿은 창을 보더니 말을 이었다.

"마침 잘됐습니다. 도련님께 소개해 드릴 사람이 있습니다만, 괜찮으신지요?"

나는 그가 말한 '소개할 사람'이라는 것이 앞서 비서에게 행방을 물은 박승환 전무임을 눈치챘지만, 내색하지 않으며 고개를 끄덕였다.

"예, 그렇게 하시지요."

이윽고 똑똑, 문을 두드리는 소리가 들렸다.

"사장님, 부르셨습니까."

"들어오너라."

박일춘의 허가가 떨어지자마자 달각, 사장실 문을 열고 한 사내가 들어왔다.

박일춘이 자리에서 일어서는 바람에 우리 역시도 엉거주춤 일어섰고, 박일춘은 그 자리에서 선 자세로 방금 들어온 사내를 소개했다.

"제 아들입니다. 승환아, 도련님께 인사 올리거라."

박승환 전무.

남자는 박일춘과 이목구비가 닮아 있었으나 풍기는 인상은 고집과 강단이 묻어 있단 느낌이 물씬했다.

'뭐, 어쩌면 젊을 적의 박일춘 사장도 저런 느낌이었을지 모르지.'

박승환은 마동철과 구면인 듯하여, 그 아버지가 새삼 '인사 올리라'는 대상과 '도련님'이라는 말에서 잠시 멈칫했다가, 어쨌건 내게 고개를 숙였다.

"박승환 전무입니다."

나는 눈치껏 박승환의 인사를 받으며 명함을 내밀었다.

"반갑습니다. SJ컴퍼니 사장인 이성진입니다."

내 인사에 박승환은 고개를 돌려 박일춘의 안색을 살폈고, 뒤이어 딱딱한 얼굴로 명함을 교환했다.

"예, 앞으로 잘 부탁드리겠습니다."

그 사무적인 모습에서 나는 그가 내 정체를 얼추 알아냈음을 짐작했으나, 박승환이 보인 반응은 그의 아버지와 사뭇 달랐다.

'경계? 적대? 아니, 그런 것과는 조금 다른데.'

박승환의 심리에 관해선 추후 전예은에게 물어보기로 하고, 나는 고개를 돌려 박일춘을 보았다.

"마침 박승환 전무님도 오셨으니, 전무님께도 추진 중이던 기획을 공유해 드려야겠군요."

원래라면 본격적인 비즈니스 토크에 앞서 부드러운 사담을 선행해야 마땅하겠지만, 그런다고 한들 이 분위기가 바뀔 것 같지도 않고.

'시간 낭비지. 긁어 부스럼 만들 여지도 있고.'

박일춘은 나를 대하는 아들의 딱딱한 태도에 언짢아하는 기색을 언뜻 내비치며 고개를 끄덕였다.

"예. 저희 회사의 실무는 박승환 전무가 일임하고 있으니, 부족한 녀석이지만, 도련님께서 모쪼록 지도 편달해 주셨으면 합니다."

그 은근한 평가절하를 박승환은 대수롭지 않은 얼굴로 받아넘기며 탁자 위의 서류를 물끄러미 쳐다보았다.

"신장개업과 별개의 프로그램 의뢰입니까?"

"그래. 너도 한번 검토해 보거라."

우리는 자리에 앉았고, 박승환 전무는 박일춘과 한 자리 떨어진 곳에 앉아 서류를 집어 들었다.

"실례하겠습니다."

묘하게 어색한 분위기 속에서 우리가 차를 마시는 동안 박승환은 박일춘 못지않은 속도로 재빨리 서류를 훑은 뒤, 고개를 들었다.

"기획하신 내용은 흥미롭습니다만, 시기가 문제로군요."

기획을 읽은 첫 감상은 박일춘과 동일했다.

박승환은 내가 아닌 마동철을 보며 말을 이었다.

"그러니 저로선 구성을 다듬어 설 특집이 아닌, 장기 기획으로 변경해 시기를 늦춰 추진하신다면 무난하게 통과할 수 있을 듯합니다만, 어떻게 생각하십니까?"

그래, 이 정도가 일반적인 반응이겠지.

내가 대답하지 않고 차만 홀짝이고 있자, 마동철은 하는 수 없이 박승환의 그 말을 받았다.

"앞서 통통 프로덕션 사장님과 해당 기획을 검토한 결과, 사장님께선 시기 변동 없이 기획을 추진하는 것이 가능하단 답을 주셨습니다."

"……그렇습니까?"

박승환은 자연스레 고개를 돌려 박일춘을 보았고, 노인은 담담한 얼굴로 고개를 끄덕였다.

"그래. 네가 오기 전, 이미 도련님과 협의를 보았다."

"하지만……."

박승환은 무어라 논리적인 반박을 준비한 듯 입을 뗐다가 꾹 다물더니, 마지못해 나를 바라보았다.

"……."

그러던 박승환은 '아무리 그래도 초등학생을 상대로는 말이 안 된다'고 생각한 모양으로, 다시금 마동철을 보았다.

"마동철 전무님, 제 개인적인 견해를 말씀드리자면 해당 스케줄을 진행하는 과정엔 상응하는 리스크가 있을 것으로 압니다. 그 리스크 중엔 기획이 통과되지 않을 여지도 있을 뿐더러……."

박승환은 거기까지 말을 꺼냈다가 말을 아끼듯 하려던 말을 고쳤다.

"……추후 이어질 장기 기획에도 좋지 않은 영향이 있을지도 모릅니다."

빙 둘러 이야기했지만, 실상은 '기획을 방송국에 빼앗기고 말지 모른다'는 것에 진배없었다.

'방송국 놈들 양아치 짓이 하루 이틀도 아니고.'

뭔가 뜬다고 하면 너 나 할 것 없이 비슷한 포맷과 컨셉의 프로그램을 뽑아내는 게 동서고금을 막론한 방송국의 나쁜 버릇이다.

그와 관련해서는 마동철도 동의하는 눈치였지만, 박승환이 오기 전 이미 양측 사장 선에서 끝난 이야기라고 여겼는지, 아니면 그도 나름 이 바닥에서 쌓인 짬밥과 정황 근거로 박일춘의 영향력이 어느 정도인지 어림해서 파악한 듯, 사무적인 어조로 그 말을 받았다.

"저로선 전무님께서 바라신다면 다시금 별도의 대책을 고려해 보겠습니다만, 관련 사항은 앞서 말씀드렸다시피 이미 구두로 협의가 완료되었습니다."

"……."

입을 다문 박승환은 아마, 머릿속으로 이 자리에 모인 사람들의 이런저런 갑을 관계를 재단하는 모양이었다.

'입장상 통통 프로덕션은 SJ엔터를 대주주로 삼고, SJ엔터는 SJ컴퍼니의 자회사인 입장이니까.'

그쯤 해서 나는 찻잔을 마저 비우고 입을 열었다.

"실무 선까지 논의가 전달되었으니, 저는 이만 일어날까 합니다."

내 말에 박일춘은 엉거주춤한 자세로 일어섰다.

"벌써 가시렵니까?"

"바쁘신 분들의 시간을 붙들고 있는 것도 예의가 아닐 듯해서요. 제가 이 자리에 있어도 방해만 될 뿐이겠죠. 대접해 주셔서 감사드립니다."

'나도 바쁘다'는 말을 빙 둘러 표현하니, 박일춘은 아쉬운 듯 입맛을 다시며 고개를 끄덕였다.

"배웅해 드리겠습니다."

"아뇨, 아닙니다. 그럼 저는 사장님을 믿고 기다리겠습니다. 계약서는 추후 마동철 전무를 통해 전달드리죠."

이어서 나는 마동철을 보았다.

"마동철 전무님께선 이대로 실무 협의를 진행해 주십시오."

"예, 사장님."

이쪽의 검토를 마쳤다곤 하나, 통통 프로덕션과 세부 조정
은 필요하니까.

나는 한사코 따라 나오려는 박일춘을 만류하며, 전예은을
대동하고 통통 프로덕션을 빠져나왔다.

"휴우."

빌딩 앞에서 목을 까딱이며 긴장을 풀고 있으려니, 전예은
이 입을 열었다.

"저, 사장님. 강이찬 기사님을 호출할까요?"

올 때는 마동철이 운전하는 차를 타고 왔기에, 전예은은
응당 마동철과 함께 돌아가는 것을 예상하고 있었던 듯했다.

"아뇨, 오늘은 대중교통을 이용하도록 하죠."

"아, 네. 그럼 택시를 잡을게요."

"아닙니다. 예은 씨랑 이야기도 나눌 겸, 버스로 합시다."

"예? 버스도 탈 줄 아세요?"

전예은은 무심결에 뱉었다가, 아차 하며 입을 가렸다.

"아, 저기, 죄송합니다. 왠지 사장님이 버스를 이용하실
거란 생각은 하지 못해서……."

"……뭐, 됐습니다."

뭐, 어느 금수저 중에선 평생 버스 한 번 타 보지 않은 이도 있었던 모양이니.

우리는 버스 정류장을 향해 나란히 걸었다.

"그래서, 어땠습니까?"

"네? 아, 양갱은 참 맛있…… 아."

양갱에 관한 감상을 늘어놓으려던 전예은은 내가 '인물평'을 바란단 것을 눈치채고 얼굴을 붉히며 말을 고쳤다.

"박일춘 사장님을 말씀하시는 거라면, 개예요."

"……개?"

내가 일부러 눈살을 찌푸리자 전예은은 아차 하며 손을 내저었다.

"아, 그게, 비속어가 아니라, 멍멍이, 어, 그런 건데요. 그게, 어, 무슨 의미냐 하면……."

"압니다. 농담한 거예요."

예전 SBY의 리더인 찬성을 일컬어 '잉어'에 비유했던 적도 있으니, 박일춘을 일컬어 '개'로 평한 것 또한 그녀 나름의 분류법인 듯했다.

전예은은 떨떠름한 얼굴로 툴툴댔다.

"……그런 농담은 되도록 안 하셨으면 좋겠어요."

"유념하도록 하죠. 아무튼, 저에게 충성스러운 인물이라는 의미에서 개…… 멍멍이…… 으음."

다른 동물은 다 괜찮지만, 왠지 노인을 개에 빗대는 것엔 저항감이 있었다.

"풍산개로 할게요."

전예은의 말에 나는 고개를 돌렸다.

"풍산개?"

"네. 잘 알려지지 않았지만, 우리나라 토종견 중 하나에
요."

이 시대엔 잘 알려지지 않았겠지. 나도 몰라서 되물은 건
아니었다.

전예은이 미소 띤 얼굴로 말을 이었다.

"옛 이야기에 따르면 풍산개 세 마리가 호랑이 한 마리를
잡는다는 이야기도 있고요."

그건 사실이 잘못 와전된 거란 것이 근 미래의 학설이지
만, 그게 본질은 아니니 넘어가기로 했다.

"아무튼, 말씀하시는 바는 알겠습니다. 그러면 그건 곧,
박일춘 사장님이 그럴 만한 능력도 갖췄으며 동시에 저에게
충직하단 의미겠군요?"

전예은은 곰곰이 생각하다가 고개를 저었다.

"아뇨. 꼭 그런 건 아니에요. 보다 근본적으론, 사장님의
후광이랄지, 사장님 본연이 아닌 사장님을 이루고 있는 다른
요소를 향한 충심이에요."

그것도 얼추 알 듯하다.

박일춘의 나를 향한 호의는 내가 아닌 이휘철에게서 비롯

한 것일 테니까.

"게다가 그분은 지금 '때가 왔다'고 생각하고 계세요."

"……때가 왔다?"

"네. 그 이상은 저도 잘 모르겠지만…… 그분께서 사장님께 호의를 보이신 건 마냥 사장님께 충성하기 때문만은 아니었거든요."

흐음.

'하긴, 그 스스로가 얼마나 대단한 인물이건 간에 삼광의 비호 없이는 옛 영광을 재현하기 어렵다는 걸, 스스로 알고 있었던 건가.'

즉, 그가 내게 보인 호의는 상호 이익을 포함했단 의미였다.

'오히려 마음에 드는군.'

감정이라는 건 예측하기 어렵고 쉽게 변하기 마련이지만, 이익은 그 자체로 무구하다.

나는 고개를 주억거렸다.

"알겠습니다. 어쨌건 현시점에선…… 우리 편이겠군요."

나는 '배신을 염려할 필요가 없겠다'고 말하려던 걸 순화해 고쳐 말했고, 전예은은 그 수정을 눈치채지 못한 얼굴로 고개를 끄덕였다.

"네. 다만 환경에 만족할 줄도 아시는 분이기도 해요. 제 예상이지만 만약 사장님이란 계기가 주어지지 않았더라면,

또 SJ엔터테인먼트의 접근이 없었더라면 동양비디오 사장이라는 직함에 만족하고 마실 분이기도 하고요."

제법 정확하군. 실제 전생의 역사에선 그렇기도 했으니.

전예은은 버스 정류장 앞에 멈춰 서며 희미한 미소를 띤 채 나를 보았다.

"하지만 사장님께선 박일춘 사장님이 가진 인맥과 힘을 미리 알아보시고 중용하신 거죠?"

나는 그 말에 담담히 대답했다.

"아뇨."

"예? 그러면……."

"뭐, 저도 동양비디오가 예전 TBC의 자회사란 것 정도야 물론 알고 있었습니다만."

나는 전예은의 곁에 서며 말을 이었다.

"박일춘 사장님이 방송가에 영향력을 행사할 수 있는지 아닌지 여부는 저도 모르는 일이었습니다."

통통 프로덕션과의 계약은 전예은이 내게 합류하기 전에 이뤄진 일이었다.

'당시엔 혹시나 하던 생각뿐이었지. 이번엔 어디까지나 그 잠재력을 확인하게 된 것이고.'

전예은은 어리둥절한 얼굴을 했다가 조심스레 물었다.

"말씀은, 그럼 이번 특집 프로그램 편성 자체도 무산될 수 있었단 건가요?"

"뭐, 그땐 또 다른 방법을 강구했겠죠."

"……."

"어차피 한 번쯤 얼굴을 비쳐야겠단 생각을 하던 곳이었습니다. 어쨌건 현재로선 저희 산하의 유일한 외주 방송 제작 업체이기도 하니까요."

결과적으론 박일춘이 TBC 시절에 쌓아 올린 힘이 쓸 만하리란 걸, 건재하단 걸 확인했으니.

나로선 공연한 시간과 예산을 아낀 성과였다.

"박승환 전무는 어떻습니까?"

잠시 생각에 잠겨 있던 전예은은 내 목소리에 고개를 들었다.

"아, 저기…… 아드님이신 박승환 전무님은 조금 달랐어요."

그것도 얼추 알 듯했다.

나는 전예은을 보며 미소를 지었다.

"제가 맞혀 보죠. 박승환 전무님은 통통 프로덕션이 동양 비디오인 시절부터, 작정하면 그럴 만한 힘이 있음에도 불구하고 잠자코 가만히 있던 아버지에게 불만이 있었던 거죠?"

"……."

전예은은 내 말을 듣고 곰곰이 생각하다가, 고개를 갸웃하더니 고개를 저었다.

"아뇨."

엥, 아닌가.

"아버지에게 불만이 있단 점에선 사장님이 추측하신 바와 비슷하긴 하지만요."

그러면 그렇다고 해 줘도 되잖아.

전예은이 말을 이었다.

"박승환 전무님은 애당초 지금 하는 일을 싫어하고 계시거든요."

그랬나?

"그분이 일에 임하는 자세는 제법 프로페셔널했습니다만. 열정도 있어 보였고요."

"그건 어디까지나 박승환 전무님의 책임감에서 우러나온 행동일 뿐이에요. 그렇기에 일에 임하는 자세는 철두철미하지만, 그것도 오래가진 않을 거예요. 그분은 박일춘 사장님의 영향력이 사라지는 때만 기다리고 있을 뿐이죠."

음.

'그것도 박일춘 사후 동양비디오가 공중 분해되어 여기저기 팔려 나간 걸 생각해 보면, 일리는 있어. 그 과정은 놀라우리만치 자연스러웠고.'

나는 그저 박일춘의 후광이 사라진 것과 VHS 사업이 사양길에 접어들며 거대한 탁류에 휩쓸리고 말았으리라 짐작했건만.

전예은이 말을 이었다.

"으음, 사실 저도 TBC가 어떠했다는 건 잘 모르지만, 한때는 그 위세가 대단했다죠?"

"저도 그 세대는 아니지만, 그렇다고 들었습니다."

"네. 그 와중 박일춘 사장님께선 아드님께서 그 자리를 이어 나가길 바라셔요. 앞서 말씀드렸다시피 박일춘 사장님은 시기와 흐름, 때를 기다리고 계셨고…… 그러면서 아드님이 당신의 꿈을 이어받길 바라니까요."

억지로 가업을 물려받게 된 아들.

흔한 이야기였다.

"처음부터 서로 다른 길을 걷고 있었군요."

"네, 그런 셈이에요."

나는 잠시 박승환의 면면을 떠올렸다가 전예은에게 홀리듯 물었다.

"조금 다른 이야기입니다만, 그렇다면 박승환 전무의 꿈은 무엇이었습니까?"

"꿈요?"

전예은은 내 말에 눈을 깜빡이더니, 쓴웃음을 지었다.

"꿈……. 글쎄요."

전예은은 한참 동안 생각에 잠겨 있다가 천천히 입을 뗐다.

"당사자가 가진 내밀한 욕망이라는 건 언어로 쉽사리 재단하기 어려운 요소이니까요. 저는 어디까지나 제가 느낀 바를 언어라는 매개로 통역하는 것이 고작이에요. 더군다나 꿈이라거나 욕망이라거나 하는 건, 생각보다 구체적이지 않거든요."

"그렇습니까?"

"네. 예를 들어, 장래에 과학자가 되겠다거나 가수로 성공하겠다는 목표는……."

전예은은 몇 차례 눈을 깜빡이더니 입을 열었다.

"……그런 목표는 어디까지나 당사자가 욕망하는 근원적인 감정이 그와 유사한 형태를 띤 요소에 기호로서 환유되는 것에 불과해요. 단순히 노래를 좋아해서 가수가 되길 바라는 사람도 있고, 남들의 관심을 받는 것이 즐거워 가수가 되길 바라는 사람도 있죠. 사람의 욕망은 제각각이고, 이상도 다르기 마련이니까요."

말이 길었지만.

요약하자면 '나도 잘 모른다'는 거잖아.

내 표정이 어땠는지, 전예은은 입을 삐죽였다.

"그렇긴 하지만, 박승환 전무님의 꿈 운운하셨으니 드리는 말씀이에요. 지금으로선 그분도 현 상황에서 벗어나길 바라며 때를 기다리고 계시죠."

"그 점은 박일춘 사장님과 마찬가지군요."

"성격도 유전이니까요. 꼭 들어맞는 건 아니지만, 어느 정도 요소는 포함하기 마련이에요."

하긴, 이휘철과 이태석을 비추어 보아도 두 부자는 상극인 듯하면서 어딘지 비슷했다.

전예은은 담담한 얼굴로 말을 이었다.

"만일 박승환 전무님이 TBC 시절의 영광을 몸소 누렸다면, 그분의 입장도 어떻게 바뀌었을지 모를 일이지만요."

"그렇다는 건, 추후 통통 프로덕션의 성과에 따라 박승환 전무의 입장도 달라질 수 있단 것이겠군요?"

"……."

전예은은 잠시 생각하다가, 고개를 끄덕였다.

"사장님께서 바라신다면요."

하긴, 전예은의 관점에선 나라는 변수가 어떻게 움직이느냐에 따라 박승환의 미래는 달라지겠지만.

나로선 이대로 통통 프로덕션을 무리 없이 인수해 버릴지, 아니면 박승환 전무를 고쳐 쓸지, 어느 것이 이득인지 잠시 고민해야 했다.

박일춘의 행보는 내 기대 이상의 성과를 가져왔고, 방송은 설 전날 저녁 황금시간대 직전 시간대에 KBC2TV에서 방영하는 것으로 결정되었다.

박일춘은 '해당 시간엔 드라마 재방송을 방영할 예정이었을 뿐'이라며 별것 아닌 양 이야기했지만, 그러면서 스튜디오 대여와 국영방송 아나운서까지 MC로 섭외해 낸 재량은 결코 '별것 아닌' 이야기가 아니었다.

마동철이 전하길.

「곧장 국장부터 찾으시더군요.」

이렇게 말하며 혀를 내두를 정도였으니, 어쩌면 박일춘이 가진 힘이란 내 생각 이상이었을지도 모르겠다.

"Buongiorno, 안토니오라고 불러 주세요."

이진영은 한국어에 능통한 잘생긴 이탈리아인을 대동하고 앉아, 내게 미소를 지어 보였다.

"한국말 잘하지? 한국에 온 지 5년째래."

"그러시군요."

"아내분도 한국인이래."

우리는 시저스 2호점에서 사전 미팅을 진행 중이었다.

섭외는 의외로 어렵지 않았는데, 안토니오는 삼광물산과 계약을 맺고 있는 이탈리아 모 명품 브랜드의 한국 지사 파견 인력이었다.

안토니오는 사람 좋은 미소를 지어 보이며 입을 뗐다.

"저도 이탈리아와 한국 양 국가 간의 교류를 증진시키고자 하는 방송 취지에 공감해서 출연을 결정했습니다."

아니, 이건 한국어를 잘해도 너무 잘하는데.

"게다가 여기서 제게 맛있는 피자를 대접한다고 해서요, 하하하."

안토니오는 재차 말을 이었다.

"그야, 한국에서도 피자가 유행하고 있다는 건 저도 알고 있습니다만, 그건 어디까지나 미국에서 저희 피자를 변형한 방식을 가져온 것에 불과하잖아요? 그런데 이진영 씨는 이탈리아 방식에 맞춘 피제리아를 경영하신다고 말씀하시더군요. 고국을 떠난 지 오래라 저도 고향의 맛을 느껴 본 지는 오래되었습니다만, 아직도 눈을 감으면 그 맛과 향이 머릿속에 선연하게 떠오르곤 합니다. 그건 미국식 피자로는 결코 채워지지 않는 욕망이죠. 그러다 보니 이거 참, 기대되는걸요. 몇 년 만에 제대로 된 피자를 맛보게 되는 건지 모를 지경입니다. 오면서 봤는데, 주방에 커다란 화덕이 있더라고요. 음, 화덕 크기도 엄격하게 규정하고 있지만, 그 정도는 한국의 시스템임을 감안해야 하지 않겠습니까. 아, 혹시 피자는 나폴리 방식입니까? 저는 비록 북부 제노바 출신이지만, 피자만큼은 남부를 인정하지 않을 수 없죠. 여러분도 아시겠지만 나폴리 피자는 그 제조 방식에 유네스코의 인정을 받아 정부에서 엄격하게 품질을 관리하는데, 개중 마르게리타 피자는 적, 녹, 백 삼색이 이탈리아의 국기를 상징하며……."

……사운드가 빌 걱정은 하지 않아도 되겠군.

이진영은 미소 띤 얼굴을 유지한 채 나를 보았다.

"다른 사람으로 바꿀까?"

"그럴까요?"

쏼라쏼라하던 안토니오는 하하, 웃으며 손을 저었다.

"갈 때 가더라도 피자는 먹고 가겠습니다."

파인애플 피자를 먹여 줄까 보다.

우리와 동행한 촬영감독은 머리를 긁적이더니, 박승환을 보았다.

"전무님 생각은 어떠십니까?"

"뭐, 좋지 않습니까."

박승환은 담담한 말씨로 안토니오를 보았다.

"다큐멘터리도 아니고, 이 정도로 캐릭터성이 확고하면 그 자체로도 도움이 되겠죠. 다만 말씀하신 걸 한 화면에 담아내긴 어려우니, 부연 설명은 스튜디오 촬영 때 이어서 가겠습니다."

촬영감독은 이번 촬영이 그 취지야 어쨌건 시저스 2호점의 홍보를 겸하는 요소라는 점에 우려를 표하는 의미에서 한 말이었지만, 박승환은 일부러 그런 우려를 못 들은 척 일축하며 나를 보았다.

사실, 박승환 전무는 이미 그 전에 방송법을 들먹이며 상호 노출은 불가하단 방침을 내게 전달한 바였고.

'어차피 국내에서 이 정도로 본격적인 이탈리안 피자를 만들어 내는 집은 이 시대엔 시저스뿐이니.'

나는 그 말에 흔쾌히 동의한 바였다.

"재확인하겠습니다만, 안토니오 씨의 친구 세 분이 귀국하는 시점부터 촬영에 들어가면 되겠습니까?"

"예, 관련해서도 이미 협의를 마쳤습니다."

여담이지만 그들의 비행기 삯은 시저스 측이 지불했다.

'어쨌건 그들 입장에선 공짜로 한국 관광을 시켜 주는 것이고, 우리는 홍보를 겸할 수 있으니.'

박승환은 볼펜으로 메모를 끼적인 뒤, 주위를 둘러보며 양손으로 카메라 각을 쟀다.

"주방에서 식탁으로 이어지는 동선과 서빙 모습까지 한번 담아 봐야겠군요. 잠시 가촬영을 해 보아도……?"

이진영이 고개를 끄덕이고, 박승환은 촬영감독의 어깨를 두드려 테이블과 떨어진 곳에 자리를 잡았다.

때마침 신은수가 트레이에 피자를 담아 왔다.

명백히 카메라를 의식하는 모습으로, 신은수는 카메라를 힐끗거리며 목소리를 높여 피자를 내려놓았다.

"하, 한 사람당 한 판! 둘이 먹다 하나가 죽어도 모를 그 맛! 아 기다리고 기다리던 저, 정통 화덕, 피, 피자가 나왔습니닷!"

촬영감독이 카메라에서 시선을 떼고, 박승환은 무표정한

얼굴로 물었다.

"평소에도 그렇게 서빙하십니까?"

"네? 아뇨. 가게 홍보에 도움이 될까 해서요……."

"……좀 더 자연스럽게 부탁드리겠습니다. 긴장하실 필요 없으니까, 평소처럼 자연스럽게."

"네, 넵!"

한편 주방에서부터 신은수를 따라온 허상윤은 카메라를 피해 내 곁으로 다가와 팔짱을 끼고 섰다.

"왔어?"

"아, 네. 형. 안녕하세요."

"음."

허상윤은 짧게 고개를 끄덕였다.

"뭐, 나도 이탈리아인에게 피자를 팔아 보는 건 처음이라서 반응이 궁금했거든."

딱히 묻지도 않은 걸 술술 말하는 걸 보니, 그도 나름 긴장한 모양이었다.

뒤이어 허상윤은 주위를 둘러보더니, 아무렇지도 않은 척 내게 물었다.

"오늘은 혼자야?"

그 말에서 나는 그가 전예은을 찾는단 걸 알았지만.

"아뇨, 통통 프로덕션 측이랑 같이 왔습니다만."

"아니…… 내 말은……. 아니다, 됐다."

허상윤은 떨떠름한 얼굴로 내 어깨를 툭툭 두드리더니 입을 다물었다.

'전예은의 말마따나 그녀에게 이성적인 호감, 이 있긴 한 모양인데?'

굳이 그런 걸 의식하고 한 일은 아니었지만, 오늘 전예은은 SBY와 관련한 업무로 자리를 비운 상태였다.

'애쓴다, 애써. 아무튼 사춘기란.'

그사이, 몇 차례 리테이크를 거친 촬영팀은 고개를 저었다.

"이만하면 됐습니다. 방송 땐 손만 촬영하기로 하죠."

꼴에 방송 욕심이 없진 않았는지, 박승환의 말을 들은 신은수는 시무룩한 얼굴을 했다.

"네…… 맛있게 드세요."

신은수가 얌전히 피자를 내려놓고 물러서자, 안토니오는 기다렸다는 듯 눈을 빛내며 피자를 한 조각 집어 들더니 흠향 후 한 입 가득 베어 물었다.

"……오."

피자를 꿀꺽 삼킨 안토니오는 만족스러운 미소로 입을 뗐다.

"한국에서 이 정도 피자를 맛볼 수 있으리라곤 생각도 못 했습니다. 아주 만족스러워요."

그 말에 허상윤은 픽 웃으며 안도의 미소를 지었다.

"감사합니다. 토마토부터가 산 마르치아노 걸 썼거든요. 그러면 이탈리아랑 비교해서, 어느 정도죠?"

"음, 한 70%는 비슷하군요."

"……."

욕이야, 칭찬이야?

5장

　예전, 방송가 사람들과 어울려 다닐 적, 그들로부터 묘한 불문율을 흘리듯 들은 적이 있었다.

　대박 날 조짐이 있는 프로그램의 경우, 촬영장의 분위기가 미묘하게 어긋나 있고, 또 그 진행 과정이 어딘지 매끄럽게 흘러간단 인상을 받지 않는다고.

　그리고 그 결과는 현장의 분위기가 아닌 시청자들이 결정하기 마련이라고 했다.

　이러한 불문율은 그들 사이에 만연한 징크스이자, 해당 프로그램의 성공 여부는 시청자의 반응을 보기 전까진 아무도 알 수 없단 위로의 차원을 겸하고 있는 것인데.

　'그걸 두고 이번 촬영이 어떻단 말을 하려는 건 아니지만.'

이탈리아인을 데리고 촬영하는 일은 분명 쉽지 않았다.

안토니오는 어느 정도 자국 문화에 자부심이 가득한 전형적인 이탈리아인의 모습을 보여 주고 있었는데, 시저스에서 있었던 가촬영분만 하더라도 '이탈리아에선 이렇지 않다'며 사사건건 트집을 잡기 일쑤였다.

시저스가 자랑하는 크림 카르보나라는 정석이 아니라는 지적까진 제쳐 두고라도.

「보통 격식을 갖춘 Ristorante는 코스 요리로 나오기 마련입니다만. 여기선 뷔페 형식으로 어레인지하셨군요.」

그 말에 허상윤은.

「한국에서 코스 요리는 낯선 감이 있어서요. 저도 아페르티보에서 시작하는 구성은 알고 있습니다만, 바라신다면 메뉴판, 또는 샐러드 바의 메뉴를 통해 스스로 구성해 보는 것도 가능합니다.」

하는 식으로 받아치며 시저스가 '완전한 정통'을 표방하는 곳이 아닌, 어디까지나 현지화된 패밀리 레스토랑을 지향하고 있음을 어필해야 했다.

그러면서 허상윤은 내게로 와서 투덜거렸다.

「첫 타자를 이탈리아인으로 잡은 건 실수였던 거 같아.」

뭐, 이제 와서 어쩌겠는가.

애당초 가게의 홍보를 겸하고자 출발한 기획이었던 것이니.

그러면서 나는 박승환이 이번 방송을 다큐멘터리로 오해하지 않도록 부단히 애를 써 가며 방송 방향을 짚어 주어야 했다.

「궁중 요리……. 아뇨, 방송은 어디까지나 일반 대중 전반에 퍼진 한국 문화를 소개하며 이를 외국인의 시각에서 되짚어 보자는 것이지, 어느 문화가 더 우월하단 이야기를 하고자 하는 것이 아닙니다.」

「……조금 어렵군요.」

나 역시도 '한국의 것이 최고다!' 하고 국뽕으로 가득한 방송으로 편집해 버리면 일이 수월했겠지만, 왠지 무작정 그런 방향으로 밀어붙이는 것도 내키지 않았고.

'생각해 보면 내가 직접 기획하고 구성까지 맡은 방송 프로그램을 진두지휘하는 건 나로서도 처음인걸.'

나 또한 '방송 일이란 쉽지 않다'는 걸 새삼스레 자각하면서, 안토니오의 반응과 스케줄에 맞춰 방송을 조율해야 했다.

'이거 참, 첫 단추 꿰기가 이렇게 힘들어서야.'

예상대로 착착 돌아가지 않는 가촬영을 힘겹게 마치고 기진맥진해 회사로 돌아온 나를 반겨 준 건 전예은이었다.

"다녀오셨어요, 사장님. 가촬영은 어떠셨나요?"

"아, 네. 그럭저럭 끝마쳤습니다. 예은 씨도 일찍 다녀오셨군요."

이번 촬영은 나로서도 결과를 낙관하긴 어려웠지만.

'상윤이 형이 예은 씨를 찾던데요' 하고 농담을 던지려니 한편 SBY의 프로듀싱을 맡게 된 전예은도 부쩍 피곤해 보여 관뒀다.

"저, 사장님, 보고드릴 게 있습니다."

그사이 전예은은 나를 기다렸던 모양인지, 미리 작성한 서류 뭉치를 들고 나를 부리나케 쫓아 사장실로 따라 들어왔다.

"무슨 일인가요?"

그녀는 사장실 문을 닫으며 송구하단 얼굴을 했다.

"네, 우선은…… 아무래도 SBY 오빠들이 이번 2집 활동이 무산된 것에 불만을 품고 있는 것 같아서요."

그러면서 전예은은 나를 조심스레 힐끔거렸다.

"그러다 보니 본의 아니게 사장님이 악역을 도맡게 되신 것 같아서, 그게 저로선 조금……. 그래도 알아 두셔야 할 것 같아 부득이 구면으로 보고를 드리고자 합니다. 해당 사안이 멤버들 사기에도 영향을 미치고 있고요."

그녀는 내 대리인으로서 전권을 이양받으며, SBY가 '본 적도 없는 사장님'에 대해 투덜거리더란 바를 전했다.

"뭐, 피차 어느 정도 반발은 예상하지 않았습니까?"

"네? 아, 네. 그렇긴 합니다만……."

"저도 사전에 예은 씨의 기획을 검토한 바이고, 타당하다 판단해 승인했습니다. 그 결과에 대한 책임은 제가 질 테니, 예은 씨는 예은 씨가 생각한 방향에서 타협하지 않고 밀어붙이세요. 악역 어쩌고 말씀하셨지만, 필요불가결한 일 아니겠습니까."

SBY는 당초 예정되었던 2집 활동을 시작 전에 미리 갈아엎었고, 그에 따른 반발은 이미 천희수로부터 터져 나왔다.

관련해 미리 통보를 받았던 천희수는 씩씩거리며 사장실까지 찾아와 '아니, 이제 방송 일정만 잡으면 끝나는 상황인데요!' 하며 불만을 표했으나.

모두에게 사랑받는 이상적인 상사란 존재하지 않는다.

'나로서도 악역은 익숙하니까, 라는 말로 퉁치고 넘어가는 거지.'

그는 내가 들이민 '업무명령'이란 말에 하는 수 없이 돌아가며, 얌전히 비서실에 자리 잡고 있는 전예은을 보며 '한 방 먹었다'는 얼굴을 했다.

뭐, '거짓말'을 하진 않았다.

진실을 조금 왜곡했을 뿐.

'나 역시도 결과가 모든 것을 증명할 거란 말밖에 해 줄 수가 없군.'

전예은이 관찰한 SBY의 가장 큰 문제점은 몰개성이었다.

아니, 좀 더 정확히 말하자면, 소속 아이돌을 훈련하는 과정에서 그들 각자가 가진 고유한 특장점을 말살하며 2집 앨범에 끼워 맞추는 형식으로 매니징이 진행되었단 의미였다.

「이번에 활동하기로 한 2집 앨범은 굳이 SBY가 아닌 다른 사람들도 얼마든지 그대로 따라 해낼 수 있는 내용이었어요.」

그건 전예은이 합류하기 전, 천희수와 내가 진행 중이던 SBY 2집 앨범 내용의 핵심을 찌르고 있었는데, 나 역시도 그 전까진 '아이돌이란 어디까지나 완성된 상품으로서 존재해야 한다'고 믿는 입장이어서, 전예은의 지적에는 나도 아차 싶었다.

'물론 그녀가 그룹 아이돌을 지향하는 제안은 어디까지나 이상론에 입각한 것이긴 하나, 그 이상에 근접할 수 있는 능력을 갖췄다면 이야기가 달라지지.'

생각해 보면 제아무리 한국형 아이돌 시스템이 '완성된 아이돌'을 표방하는 것이라 할지라도, 성공한 아이돌이란 어느 정도씩 전예은이 지적한 내용을 포함하고 있었다.

'차라리 어설펐다면 모르되, 처음부터 완벽주의를 지향하면 단점을 없애고 평준화로 나아가려는 경향이 묻어나기 마련이니.'

그렇기에 천희수나 내가 프로듀싱한 SBY는 각각의 구성원이 가진 단점을 희석하는 과정에서 소위 '몰개성화'가 이루어졌고, 호불호의 영역이 아닌, 호만을 지향하는 '완성형 아이돌'만을 추구하게 되었던 것이다.

'결국 천희수나 나나 어설픈 완벽주의를 지향하는 꼴이었단 거지.'

나도 그사이 삼광 밥을 먹어 오며, 알게 모르게 대기업형 마인드가 뼛속 깊이 자리 잡고 말았던 듯했다.

이는 내가 반성해야 할 부분이다.

전예은은 나를 재단해 보려는 양 물끄러미 쳐다보던 시선을 거두며 얼른 서류로 고개를 떨어트렸다.

"저, 그렇긴 하지만 2집을 완전히 무산시키고자 하는 건아니에요."

전예은이 몸을 기울이며 서류를 넘겼다.

"멤버 각자의 개별 활동을 통해 대중 전반에 그들이 가진 개성을 각인시킨 뒤, 그 각자의 개성을 한데 모아서 다시금 2집 녹음과 활동에 들어가고자 하는 것이거든요."

"음…… 이른바 1.5집 앨범 활동과 '유닛 활동'이로군요."

"유닛 활동?"

전예은은 내 말에 잠시 고개를 갸웃했다가 고개를 끄덕였다.

"음, 네, 사장님이 말씀하신 '유닛 활동'이라는 게 제가 기획하고 있는 것과 얼추 맞아떨어져요. 저는 다섯 명의 SBY 멤버를 조합하는 경우의수에 맞춰 이합집산하는 방식을 목표로 했거든요. 개중엔 개별 활동도 있고, 네 명 또는 세 명만 활동하는 것도 있으니까요."

그러면서 전예은은 서류를 파라락 넘기더니 그녀가 구상한 조합 몇 가지를 내게 들이밀었다.

"찬성 씨, 환희 씨, 지수 씨 셋이서 활동하는 방식도 있고, 환희 씨랑 강혁 씨 둘, 또는 환희 씨 혼자서 활동하는 경우도 있어요. 그 밖에도……."

이론상으로는 엄청난 숫자의 조합이 가능하지만, 전예은은 그런 번거로움을 그녀 스스로 감수해 피하며 지향 방향에 맞는 최적의 조합을 구해 내게 보여 주었다.

'이건 보통 아이돌의 인기가 끝물에 다다르거나 계약 만료쯤 행하는 방식인데.'

전예은이 말을 이었다.

"여기서 각각의 단점은 다른 멤버가 상호 보완하거나, 또는 각자가 가진 장점을 극대화하는 방식으로 구성해 보았습니다."

나는 가만히 전예은이 펼친 서류를 읽다가 고개를 들었다.

"보아하니, 유닛 구성에 찬성 씨가 포함되는 경우가 제법 많군요."

"네? 네. 찬성 씨는 그 능력이 만능형이어서요. 어디에 포함되어도 한 사람 몫 이상은 해낼 수 있는 분이에요. 동시에 다른 멤버들의 시너지도 끌어낼 수 있고요."

그 다소 사무적인 대답에서, 나는 차마 '개인적인 팬심이 작용한 거 아닙니까' 하는 농담을 던질 수가 없었다.

그 대신.

"흐음, 다만 이래서야 찬성 씨의 부담이 커지겠는데요. 몇몇 방식에선 최상이 아닌 최선의 방식으로 타협하는 방안으로 추진해 보시죠."

"음…… 네, 알겠습니다."

전예은은 손에 든 메모지에 볼펜 필기를 마친 뒤 다시금 조심스레 나를 보았다.

"저, 사장님. 그 계획 이행 과정에 별도의 승인 및 사장님 선의 협조가 필요합니다. 건의를 드려도 될까요?"

"말씀해 보시죠."

그녀는 고개를 끄덕이더니 손에 든 메모지 페이지를 넘겼다.

"그, 우선은 저번에 사장님께서 말씀해 주신 디지털 다운로드……라는 건데요."

전예은은 시대를 앞서간 개념과 용어가 낯설었는지, '디지털 다운로드'라는 말을 뱉는 데 다소 주저함이 있었다.

"만일 그걸 이번 1.5집 유닛 앨범 활동에 쓸 수 있다면 큰 시너지를 일으킬 수 있을 것 같습니다만. 어떻게, 가능할까요?"

디지털 다운로드.

이는 당초 MP3 플레이어를 판매하며 바른손레코드와 서류 계약 당시 삽입한 항목으로, 이 시점에선 아직 계약상 서류로만 존재하는 것이었다.

'지금으로선 미래를 내다본 개념에 불과하지.'

근 미래에는 곡당 얼마씩 구매해 음원을 디지털로 개인 소장하는 것이 보편적인 방식으로 정착했으나, 이 시대엔 아직 마음에 드는 곡이 포함된 앨범을 구매하는 것이 당연한 방식이었다.

'그게 아니라면 라디오에서 틀어 주는 걸 타이밍에 맞춰 카세트테이프에 녹음하거나.'

따라서 '나만의 편집 앨범'을 갖추는 건 나름의 수고로움이 뒤따르기 마련이었고, 삼광에서 출시한 MP3 플레이어와 바른손레코드의 서비스는 그런 번거로움과 불편함의 국내 틈새시장을 노려 성공리에 정착한 케이스였다.

'나로선 조금 엇어걸렸단 느낌이긴 한데.'

결과적으론 김민혁의 예측이 맞아떨어졌지만.

나는 고개를 저었다.

"애석하지만 당장은 힘듭니다."

대한민국에 인터넷이 정액제 요금 정책을 등에 업고 활성화되기까진 물리적인 시일이 걸릴 뿐만 아니라, 관련한 사이트 증설에 저작권 관련한 논의는 물론이거니와 여러 관계 부서의 협력이 필요한 일이었다.

"그런가요……."

전예은은 시무룩한 얼굴로 중얼거렸다.

"저는 만일 이번 앨범에 디지털 다운로드가 가능해져 곡당 판매하는 시스템이 확립된다면 좋을 거라고 생각했어요."

나는 미소 띤 얼굴로 그 말을 받았다.

"물론 대비는 하고 있습니다만, 사이트 개설 및 운영에는 여러 협의 과정이 필요해서요. 현재로선 97년도 중순쯤 운영하는 것을 목표로 삼고 있습니다."

"……."

"다만, 그때까지 기다리는 건 조금 길겠군요."

"……네. 그럼 해당 사안은 보류해 두겠습니다."

나는 전예은의 말을 들으며 가만히 서류를 바라보았다.

'흐음, 벌써부터 디지털 다운로드에 주목한 건가? 안목이 제법 뛰어난걸.'

거기서, 나는 잠시 번뜩하고 스치는 생각이 있었다.

"아, 당장 판매 수익을 노리는 것이 아니라면, 방안은 있습니다."

"네?"

고개를 갸웃하는 전예은에게 나는 빙긋 미소를 지어 보였다.

"판매 목적이 아닌 무료 공개라는 의미에선 제 선에서 처리가 가능하죠."

내 말을 들은 전예은은 어리둥절해하는 얼굴로 눈을 깜빡였다.

'공식 인터넷 팬 카페, 정도라면 이 시대에도 거뜬하지.'

"판매 목적이 아닌…… 무료 공개라고요?"

전예은은 고개를 갸우뚱하더니 이야기의 전후 맥락을 추측하고선 눈을 동그랗게 떴다.

"아, 혹시 인터넷을 통한 공개, 말씀이신가요?"

"뭐, 그것과 비슷합니다. 그와 동시에 일종의 온라인 팬카페를 만드는 거죠."

"……카페요?"

"……음, 그냥 약소화된 홈페이지라고 생각해 주십시오."

현재 대한민국의 온라인 환경은 MS와 삼광이 주도한 윈도우 95의 보급에 힘입어, 웹 브라우저로 대표되는 WWW와 PC통신으로 대표되는 BBS로 나뉘어 있었다.

조금 더 정확히 말하자면, WWW에 비해 그 출발이 빨랐던 BBS 쪽이 좀 더 체계적인 환경이 조성되어 있었고,

WWW는 이제 막 걸음마를 떼며 사업자를 끌어모으는 중이라고 할까.

'나중엔 WWW이 사실상 인터넷 시스템의 표준으로 자리매김하지만.'

그랬기에 아주 컴퓨터를 모르는 입장도 아니고, 이 시대 그녀의 또래에 비해서도 어느 정도 컴퓨터를 다룬다고 자부해도 좋을 전예은은 일단 어렵지 않게 개념상의 유추가 가능한 수준이었다.

하지만 그 인식의 지평이 구체적인 형태를 띠고 개념화에 이르는 단계는 아니었다.

윈도우 3.1 기반으로 워드 프로세서 자격증을 따낸 전예은에게 인터넷이란 다름 아닌 BBS를 의미하는 것이었고, 그마저도 폐쇄적이고 한계가 뚜렷한 성장 환경 탓에 인터넷을 제대로 접한 건 그다지 오래되지 않았던 까닭이었다.

그래서 이어진 전예은의 말은 PC통신을 기반으로 한 사용성의 모호함으로 인해, 그녀 스스로는 아리송해하는 얼굴이었다.

"으음, 그야 MP3 파일로 변환하면 인터넷에서도 다운로드가 가능하긴 합니다만, 다운로드에 따른 통신 이용료 부담이 큰 데다가 접근성도 낮을 거 같아요. 하지만 인터넷을 통한 팬 '카페'……. 그 또한 동호회를 만드는 감각으로 접근하면 괜찮을 거 같은데요."

나는 혼잣말을 중얼거린 전예은이 메모지에 무어라 메모하기 전, 끼어들었다.

"제가 말씀드린 인터넷은 PC통신이 아닌, 모회사의 패스파인더 브라우저나 인터넷 익스플로러를 통한 WWW입니다."

"아……."

볼펜을 멈춘 전예은은 볼펜 끝을 입술 끝으로 물더니 어색한 미소를 지었다.

"죄송합니다. 아직 월드 와이드 웹은 공부가 부족해서……."

"괜찮습니다."

나는 미소 띤 얼굴로 전예은을 보았다.

"무리도 아니죠. 아직은 PC통신 이용자가 더 많은 데다가 현시점에선 그게 더 일반적이기도 하고요."

"……인터넷 공간상의 무료 공개."

혼잣말을 중얼거린 전예은은 볼펜 끝을 볼에 톡톡 두드리더니 멋쩍은 얼굴을 한 채 나를 보았다.

"저, 사장님. 그러면 앞서 말씀하신 디지털 다운로드랑은 무엇이 다른 건가요?"

"우선 오해가 없게끔 전예은 씨가 이해하고 있는 개념부터 듣고 싶군요."

"아, 네. 저는 바른손레코드 지점에서 서비스하고 있는 MP3 이식 서비스의 확장선에서 생각하고 있어요."

전예은은 생각을 정리하는 양 잠시 입을 다물었다가 재차 말을 이었다.

"각각의 곡에 관한 판매는 바른손레코드를 통해 서비스되고, 바른손레코드 지점의 PC에서 곡당 얼마씩의 요금을 받아 MP3 파일을 이식하는 방식을 생각했습니다."

방식에 아날로그적인 요소가 있긴 했으나, 개념 자체는 근미래에 보편화된 음원 판매 사이트의 원리와 크게 다르지 않았다.

"하지만 달리 생각해 보니 사장님 말씀처럼 고려할 요소가 많이 있네요. 온라인상의 결제 방식도 감안해야 하고, 라이센스 문제도 엮여 있으니까요……."

뒤이어 전예은은 내게 고개를 꾸벅 숙였다.

"죄송합니다. 앞으론 좀 더 사안을 상세히 고려한 뒤 말씀을 올리도록 하겠습니다."

나는 손을 저었다.

오히려, 나로선 기탄없이 아이디어를 내놓는 편을 좋아한다.

그 과정엔 지금처럼 새로운 활로를 모색하는 경우도 더러 있을 테니까.

"아뇨, 괜찮습니다. 사실, 예은 씨가 추측한 것과 크게 다르지 않거든요. 다만 그게 앞으론 물리적 환경과 위치를 고려하지 않고 진행될 것이란 것만 다를 뿐이죠."

전예은은 잠시 생각하다가 눈을 깜빡였다.

"앞으론 개인 PC 환경에서 그런 게 가능해질 거란 말씀인가요?"

"그렇습니다. 앞으로는 인터넷을 통한 주문과 결제도 가능해질 테고요."

"……."

내가 슬쩍 언급한 비전만 듣고도 전예은은 머릿속에 생각이 가득 들어차 혼란스러워하는 모습을 보였다.

'뭐, 이건 일종의 패러다임 시프트니까.'

나는 뒤이어 전예은에게 손짓했다.

"음, 예은 씨, 잠시 제 곁으로 와 주시겠습니까?"

"네? 아, 넵!"

전예은은 책상을 돌아 내 자리 곁으로 왔고, 나는 마우스로 패스파인더 브라우저를 더블 클릭, 아직 접근이 제한된 관리자용 프로토타입 버전의 포털 사이트를 보여 주었다.

아직은 이렇다 할 시인성 높은 GUI도 갖추지 않은 화면이었으나, 전예은은 이게 그 자체만으로도 제법 흥미를 유발하는 모양인지 내 머리 옆에서 쪼그려 자세를 낮춘 채 모니터를 뚫어져라 쳐다보았다.

나는 의자를 슬쩍 비키며 말을 이었다.

"삼광네트워크 측과 공동 개발 중인 포털 사이트, '길잡이'입니다. 정식 명칭은 아니라고 생각했지만…… 왠지 그대로 굳을 것 같군요. 아무튼 올해 안에 정식 서비스가 가능하게 끔 준비 중인 포털 사이트입니다."

"……으음, 네."

"그리고 앞으로 제가 말하는 '인터넷'은 이 WWW 기반의 서비스를 일컫는 것이 될 겁니다. 그에 따라 앞으로 대세가 될 물건이기도 하죠. 아직 개발과 협의가 진행 중이지만, 신용카드를 통한 온라인상의 결제도 고려 중입니다. 하지만 이번 사안에서는 디지털 음원 판매 관련 고민은 잠시 접어 두도록 하죠."

내 말을 들은 전예은은 짧게 고개를 끄덕였다.

"사장님께서 판매 목적이 아닌 무료 공개라고 말씀하신 건 그런 연유셨군요."

"예. 뭐, 곡당 판매 수익을 거둘 수 있다면야 더할 나위 없 겠습니다만……. 거기서 발생했을 기대 수익은 마케팅 비용 으로 치고 넘어가도록 하죠."

전예은은 눈을 지그시 감았다가 뜨며 내 말을 받았다.

"알겠습니다. 그러면 사장님께서 말씀하신 온라인 팬 카 페도 PC통신이 아닌, '인터넷' 공간 안에 창설될 것임을 전제 로 하신 말씀이신가요?"

착, 하면 척, 이군.

"예. 올해 길잡이 포털 사이트의 정식 버전 서비스를 개시 할 즈음 SBY의 인터넷 팬 카페도 동시에 런칭한다면, 관련해서도 시기상으론 얼추 맞아떨어질 겁니다."

"그리고 사장님이 말씀하신 '카페'라는 건 자사의 포털 사이트에서 서비스하는 동호회 방이 되겠군요?"

BBS에 기반을 둔 다소 거친 추론이긴 했으나, 개념상으론 딱히 틀린 말은 아니었다.

"네, 비슷합니다."

"그렇다면, 그것도 혹시, PC통신과는 다르게 다운로드 없이 즉석에서 들어 볼 수 있는 건가요?"

눈을 반짝이는 전예은을 보며 나는 픽 웃었다.

"테스트용이 있으니 보여 드리죠. 아니, 들려 드린다고 해야 하나."

나는 관리자용 계정으로 들어가, 인터넷에 올려 둔 샘플 음악을 재생했다.

전예은은 별도의 과정을 거치지 않고 인터넷 환경에서 곧바로 재생되는 음원에 놀라는 한편, 눈을 가늘게 뜨더니 희미한 미소로 고개를 주억거렸다.

"으음…….."

"왜 그러세요?"

전예은은 얼굴에 어린 희미한 미소를 어색하게 고쳤다.

"네? 아, 아뇨. 잠시 연주자가 누굴까, 생각했어요."

샘플 음악으로 쓰인 곡은 예전 MP3 프로토타입 제작 당시 이용해 먹었던 것으로, 사모가 '매끈매끈하다'는 혹평을 담아 말했던 것이었던 한편 내가 샘플 제작을 위해 따로 연주한 바이올린 녹음 곡이었다.

전예은이 말을 이었다.

"비록 MP3로 변환하는 과정에 음원이 열화되긴 했지만, 그럼에도 불구하고 사람을 끌어당기는 흡인력을 느꼈거든요."

"아, 그러시군요."

"클래식 쪽은 문외한이라서 잘 모르지만…… 유명한 분인가 봐요. 아, 혹시 연주자가 바른손레코드의 백하윤 선생님이신가요?"

"아뇨. 접니다."

"……예?"

전예은은 눈을 동그랗게 떴고, 나는 일부러 덤덤하게 말을 이었다.

"취미 삼아 바이올린을 하거든요. MP3 플레이어의 프로토타입을 만들 당시 녹음했죠. 뭐, 제가 연주한 거니 라이센스 위반도 아니고, 지금은 이래저래 개발 목적으로 쓰고 있습니다."

"와, 와아아……."

"하지만 지금은 그게 중요한 건 아니잖아요?"

"네? 아, 아! 네! 네. 그, 그렇죠."

그녀는 허둥지둥하며 얼른 고개를 돌렸다.

"그러면, 그러니까, 사장님 말씀은 인터넷 환경에서 별도

의 다운로드 없이 음원 재생도 가능하단 의미군요? 인터넷
상의 팬 카페라는 것을 통해서요."

다시 본론으로 돌아와, 나는 고개를 끄덕였다.

"예. 관련해서 좀 더 구체적인 시안은……."

거기서 나는 조인영에게 이 일을 맡길까 하다가, 그가 결
코 한가하지 않다는 사실을 떠올리곤 머릿속으로 얼른 다른
인재를 물색했다.

'……최소정을 써먹어 볼까?'

한컴의 박형석을 통해 내 컴퓨터 과외 선생으로 인연을 맺
었던 최소정은 첫 만남 당시만 하더라도 파릇파릇한 한국대
학교 1학년 컴공과 학부생 신분이었으나, 지금은 어느덧 3학
년에 이르러 있었다.

최소정은 작년쯤 이제 컴퓨터와 관련해선 '더 가르칠 게
없다'며 과외를 관두려 했지만, 이래저래 그녀 스스로도 나
와 동시에 시대의 흐름에 발맞춰 성장해 왔던 터라 나는 이
런저런 구실을 들어 가며 최소정을 붙들어 두고 있었는데.

'그녀도 슬슬 취업 준비를 해야 할 테지.'

넓어진 식견과 실력을 갖춘 최소정의 능력이라면, 머잖아
그녀의 학부생 졸업쯤 찾아올 IT 붐에 힘입어 서로 모셔 가
려 안달일 것이다.

'인재란 먼저 채 가는 사람이 임자 아니겠어?'

짧은 생각을 마친 나는 내 말을 기다리고 있는 전예은에게

덧붙여 통보했다.

"……제가 따로 준비해 두도록 하죠."

"네, 알겠습니다. 그러면, 사장님. 해당 안건은 인터넷을 통해 SBY의 1.5집 신곡을 무료로 공개하는 방안으로 이해해도 되겠습니까?"

질문할 거리가 많아 보이는 전예은이었지만, 자신의 호기심 해결에 내 바쁜 일정에 발목을 붙잡을 수는 없다는 양 일단 수긍하는 눈치였다.

"예. 자유로운 청취와 다운로드, 동시에 팬 관리며 소통까지 가능하단 걸 고려하고 진행해 주십시오."

"네!"

그녀가 내 말에서 어디까지 내다보고 있는지는 모르겠지만, 정 궁금하면 조인영에게 물어보기라도 할 거라 생각하며 일단 이야기를 마무리 짓기로 했다.

"그러면 제 선에서 협조해 드릴 사안은 이걸로 끝입니까?"

내 말에 전예은은 쪼그린 자세를 펴서 일어서더니 얼른 대꾸했다.

"아, 저, 한 가지 더 있어요."

"한 가지 더? 흠, 말씀하시죠."

"네."

전예은은 손에 든 메모지를 휘휘 넘기더니, 마른침을 꼴깍 삼키곤 입을 뗐다.

"혹시 이번 일에 공가희 씨를 지원해 주실 수 있나요?"

"공가희 씨를요?"

"네, 저는 이번 프로젝트에 공가희 씨의 도움이 필수적이라고 생각해요. 개별 유닛에 맞춘 편곡이나 가능하면 별도의 작곡도 해 주셨으면 하거든요."

뭐, 그 정도야.

"천희수 실장님에게 문의를 드려도 되지 않습니까? 굳이 제 선에서 별도의 승인이 필요한 일이란 생각은 들지 않는데요."

"아, 그게 말이죠……."

전예은은 우물쭈물하며 말을 이었다.

"천희수 실장님 말씀으론 공가희 씨, 최근에 슬럼프를 겪고 계시나 봐요."

"……슬럼프?"

그러고 보니 어디서 주워들은 기억은 났다.

"네, 그래서 요즘은 기초 레슨 정도만 받는 수준이고, 그 외엔 두문불출하신대요."

나는 떨떠름한 기색을 애써 감췄다.

'나 참, 가지가지 하는구먼.'

공가희는 지금껏 살아오면서 몇 번의 실패를 겪었을까.

아니, 여기선 먼저 '실패'라는 것이 무엇인가를 잠시 짚고 넘어가야 하겠다.

우리는 매번 크건 작건 실패와 맞닥뜨리며 살아간다.

라면 물 조절에 실패한다거나, 날씨에 맞지 않은 옷차림으로 외출을 하거나, DDR 콤보를 쌓아 가는 중에 발을 헛짚는다거나…….

이런 소소한 실패 하나둘쯤은 누구나 겪는 일이고, 개인에게—개인 편차는 있겠지만—도 다음 날이면 잊고 말 해프닝에 불과하다.

하지만 애인에게 차였다거나, 수험에 실패했다거나, 면접까지 갔던 심사에서 탈락하거나, 커다란 발주 미스로 크나큰 손해를 입었다거나 하는 등등의 실패담은 당사자의 기억에 오래도록 남는다.

관건은 실패 그 자체가 아닌, 실패한 요소에 기울인 정성과 관심 및 스스로 확신하고 있던 성공 가능성에 비례하는 것으로.

특히나 공가희처럼 사회성이 부족하고 마이페이스이기 일쑤인 부류는 자신의 장점이자 스스로의 존재 가치라고 여기는 분야의 실패에 오래도록 자책하기 마련이었다.

'더군다나 공가희의 경우 SBY의 성공에 자신만만해할 만한 근거가 뚜렷했지.'

공가희는 자타가 공인하는 작곡의 천재로, 내가 그녀를 스카웃한 시점부터 SBY의 1집 앨범 데뷔까지 막힘없는 승승장구를 이어 왔다.

실상 별 볼일 없던 아역 배우인 윤아름을 일약 대스타로 만들어 준 계기가 된 앨범의 편곡, 그녀가 참여한 드라마의 OST, DDR에 수록된 곡 대다수.

작곡을 제외한 분야엔 요령이 부족하고, 또 어수룩하기 그지없는 공가희이니, 그녀는 길지 않은 생애를 살아오며 무수한 '실패'를 겪어 왔을 것이다.

교우 관계의 불발, 바닥을 기는 학업 성적, 그녀를 이해하지 못하고 애물단지로 여기는 부모의 존재 등등.

하지만 이 정도 실패는 마이페이스인 그녀에게 별다른 영향을 미치지 않았으리라.

공가희에게는 그녀 스스로 세상을 한발 물러서서 관조하는 듯한 느낌이 있었고, 그랬기에 그녀가 겪었을 (작곡을 제외한)무수한 실패담엔 그녀도 별다른 상처를 입지 않았다.

'남들에겐 심각한 사춘기적 실패담조차 그녀에겐 라면 물 조절에 실패한 정도의 감상뿐이었을 테니까.'

그러던 공가희는 나를 통해서 자신이 매진하는 분야의 '성공'을 맛보았고, 그 성공 경험은 막힘없이 이어지면서, 작곡에서 '실패'하리란 생각은 염두에 두지도 않게 되었다.

사실, SBY의 데뷔 앨범 실패—실상 그렇게 큰 타격은 아니지만—에는 여러 내·외적 요인이 자리 잡고 있었으나, 그 전까지 줄곧 이어지던 성공 경험 속에서 건방이 하늘을 찌르던 공가희는 그 실패를 오롯이 자신의 탓으로 돌렸다.

'세상이 자신을 중심으로 돌아간다고 믿는 어린애인 거지. 뭐, 실제로도 어린애나 마찬가지인 정신연령의 소유자니.'

더욱이 SBY의 데뷔 앨범은 공가희가 천희수와 머리를 맞대며 고심하고 정성을 기울인 프로젝트였을 터.

전예은이 말을 이었다.

"또, 천희수 실장님은 웬만하면 공가희 씨를 내버려 두자는 방침이세요."

무명 시절부터 무수한 실패를 겪어 오며 정신이 담금질된 천희수는 그 나름의 극복 방식—이를테면 시간이 해결해 주리란—을 공가희에게도 적용하려는 모양이었고.

그래서 나 역시도 이번 실패를 공가희의 성장통이라 여기며 한동안은 내버려 둘까 하는 생각을 하고 있었다.

공가희의 계약상 입장은 프리랜서에 가까웠고, 보수는 판매당 라이센스 비용 일부를 나누는 형태였으니 나로선 손해 보는 구조도 아니고 해서.

장기적으론 한 번쯤 실패를 겪어 보는 것이 도움이 되리라 판단해서 내린 조치였던 것인데.

'생각해 보면 그것도 사람 나름이야.'

그야 몇 가지는 시간이 희석해 주는 것도 있겠지만, 세상엔 그 시간을 극복하지 못하는 부류도 무수하다.

'너무 이른 나이에 성공을 맛보면 그조차 저주라는 말이 실감 나는군.'

내 행동 원리는 어디까지나 미래의 확정 성공 가능성에서 끌어온 것이고, 이번에도 공가희가 전생처럼 스스로 슬럼프를 극복하며 재기하리란 확신은, 사실 근거가 희박했다.

　'전생에는 몇 번이고 작곡가로서 데뷔를 실패하며 성장했겠지만, 이번엔 아니었지.'

　나로서도 그걸 잠자코 기다려 주며 기회비용을 날리는 건 그다지 내키지 않는다.

　비록 공가희가 성과급을 받아 가는 프리랜서라곤 해도, 그녀에게 들이는 레슨비며 시설 운영비, 그 외 기타 등등은 사측이 부담하고 있으니까.

　'공가희가 벌어다 주는 것에 비하면 푼돈이긴 하지만, 이대로 마음이 꺾이는 것도 좋진 않겠지.'

　나는 의자에 등을 기대며 전예은을 바라보았다.

　"그러면 예은 씨는 사장 권한을 사용해서라도 두문불출 중인 공가희 씨를 끌어내잔 말씀인가요?"

　"네? 아, 네. 엄밀히 말씀드리자면, 그렇습니다. 이번 1.5집 앨범 작업에는 공가희 씨의 도움이 필수적이고, 또 이왕이면 내부 작곡가의 협조를 받는 편이 수월할 것 같아서요."

　뭐, 그렇게 따지면 전예은도 성장 과정이 무수한 실패로 점철되어 정신이 담금질된 부류에 가까웠다.

　전예은이 현실과 타협하며 그 능력을 감추고 살아온 것 자체가 하나의 거대한 패러독스이니까.

'그리고 그녀가 맞닥뜨린 가장 큰 실패는 바로 나였지.'

나라고 하는 이해심 넘치고 자비로움이 가득한 상사를 만난 덕분에 유야무야된 감은 있으나, 나 역시 전예은이 얼마 전 내 앞에서 왈칵 눈물을 쏟아 냈을 땐 적잖이 당황했더랬다.

"……사장님, 왠지 모르게 저랑 다른 생각을 하고 계신 것 같은데요."

"착각입니다."

나는 재차 말을 이었다.

"혹시 공가희 씨를 만나 본 적은 있나요?"

"아뇨. 1집 앨범 및 그분이 작곡한 곡을 들으며 재능이 뛰어난 분이란 생각은 하고 있지만 실제로 만나 뵌 적은 없습니다."

말을 마친 전예은은 잠시 생각하더니 주먹을 불끈 쥐었다.

"그러니 만일 사장님께서 제게 맡겨만 주신다면, 공가희 씨랑 만나서 이야기를 나누고 그분의 슬럼프를 극복해 보겠습니다."

나는 전예은의 이 참으로 의욕적이고 진취적인 그 모습에 나는 박수를 보내야 마땅했지만.

"흠……."

그것도 공가희가 얼마나 까다롭고 짜증 나는 존재인지 겪어 본 바 없으니 할 수 있는 발언이 아닐까.

"……."

아마 조인영에게 같은 일을 맡겼다면, 그는 퇴사 후 모아 둔 돈을 싸들고 동남아로 잠적했을 것 같다는 생각에 미쳤다.

"왜 그러세요?"

"아무것도 아닙니다."

뭐, 당사자가 의욕을 보이는데 상사로서 찬물을 끼얹는 것도 바람직하지 않지.

부하 직원의 멘탈 관리도 상사 몫이라지만, 중간관리자가 괜한 존재겠는가, 해서.

"물론이죠. 승인하겠습니다."

"감사합니다!"

감사할 것까지야.

나는 전예은에게 공가희의 케어라고 하는 거추장스러운 일감을 떠넘긴 것에 불과하다.

하지만 나는 그런 속내를 내색하지 않으며 미소를 지어 보였다.

"아뇨. 이미 예은 씨에게 관련 사안은 전적으로 위임한다는 말을 했으니까요. 저는 제가 했던 말을 그대로 지킬 뿐입니다."

"사장님……."

전예은은 내가 그녀를 전적으로 신뢰한다고 여겼는지, 그 표정과 어조가 감격한 것처럼도 보였다.

"그러면 공가희 씨는 예은 씨에게 믿고 맡기겠습니다."

"네!"

생각해 보면 전예은의 능력은 그런 부분에선 최적화된 인재가 아닐까, 싶었다.

'그 능력과 별개로 고생은 좀 하겠지만.'

방송뿐만 아니라 모바일 사업, 기타 등등의 일로 분주한 가운데 나는 짬을 내서 유상훈 변호사와 만났다.

"이야, 이거 참. 사장님께서 직접 타 주시는 차를 맛보는 영광을 누리게 될 줄은 꿈에도 몰랐습니다. 하핫."

유상훈은 사장실에 비치된 응접용 소파에 앉아 너스레를 떨어 댔다.

"……비꼬시는 겁니까?"

"에이, 그럴 리가요."

유상훈은 내가 타 준 티백 녹차를 후룩 마시곤 찻잔을 내려놓았다.

"그저 회사의 만성적인 인력난이 조금 안타까울 뿐이죠. 어째, 윤선희 비서실장님뿐만 아니라 얼마 전 몸소 비서로 스카웃하신 꼬마 숙녀분도 보이질 않고요. 아쉽게 됐습니다."

나는 담담하게 그 말을 받았다.

"윤선희 실장님은 사실상 본업이었던 복지 쪽으로 돌아간 것이나 마찬가지고, 예은 씨에겐 따로 맡긴 일이 있거든요."

"그랬습니까? 하하, 사장님의 기대치에 부응하려면 적잖이 바쁘겠습니다."

실제로 공가희의 집에 몸소 찾아갔던 전예은은 무표정한 얼굴로 돌아와 딱딱한 말씨로 구두 보고를 올렸다.

「죄송합니다. 시간이 조금 더 필요할 거 같아요.」

응, 그래. 수고.

아마 적잖은 우쭈쭈가 필요할 거다.

'애 돌보는 기분일걸.'

뭐, 그것도 전예은이 잘하는 일 중 하나지만, 잘할 수 있는 일이 곧 쉬운 일이란 의미는 아닌 법이다.

유상훈은 싱글벙글 웃는 얼굴로 찻잔을 만지작거리더니 눈웃음을 거두며 말을 이었다.

"그래도 사장님께서 중용하신 걸 보니, 그분도 퍽 유능하긴 한 모양입니다."

"그런 편이죠."

"뭐, 그렇다곤 하나 저만 하겠습니까?"

그 능청스런 말에 나는 픽 웃으며 소파에 등을 기댔다.

"말씀대로입니다. 이 회사에 제가 유상훈 변호사님처럼

일을 믿고 맡길 수 있는 사람도 달리 없으니까요."

"하핫, 말씀뿐이라도 감사합니다."

그러면서 유상훈은 정장 상의를 툭툭 두드렸는데, 이는 내가 예전에 건넨 만 원짜리 지폐를 잊지 않고 있다는 제스처였다.

'사람을 믿는 게 아니라, 기밀 유출 시 감당할 리스크를 믿는 거지만.'

오히려 그렇기 때문에 여간한 일을 믿고 맡길 수 있다는 아이러니가 있었지만, 나로서는 차라리 바람직하고 달가운 일이었다.

'그와 별개로, 경박해 보이는 인상과 달리 나름의 신념으로 신의를 표출하는 사내이기도 하지.'

유상훈은 차를 후후 불어서 한 모금 더 마셨다가 찻잔을 내려놓았다.

"그럼, 공사다망하신 사장님의 시간을 더는 **빼앗지** 않겠단 의미에서 본론에 들어가고자 합니다."

나는 미소 띤 얼굴로 가만히 유상훈을 바라보았고, 그는 옆자리에 두었던 서류 가방을 무릎 위로 올려 내용물을 꺼내려다가 멈칫하더니.

"아, 좋은 소식과 나쁜 소식이 있습니다만, 어떤 걸 먼저 들려드릴까요?"

내게 떠보는 말을 물었다.

일의 경중과 관계없이 한 번쯤 해 보고 싶은 말 중 하나이긴 하다만.

"좋은 소식부터 듣죠."

"알겠습니다. 그럼."

유상훈은 가방에서 서류 뭉치를 꺼내 탁자에 놓았다.

"우선, 일산출판사의 채권 기간이 만료되었습니다."

"좋은 소식이군요."

"크크, 말씀대로입니다."

일산출판사는 일찍이 내가 SJ컴퍼니를 창설할 당시 시드 머니 장만을 위한 '일산전자대백과사전' 제작 건으로 인연(?)을 맺은 곳이었다.

유상훈과 나는 일산출판사 측과 전자백과사전 계약 당시 호구가 아닐까 싶은 수준으로 계약을 맺었다.

'그리고 그들은 마지못해 그러듯 우리와 계약을 맺었지.'

이후는 예상대로였다.

그간 미심쩍기 그지없는 '학습용 도구'라는 마케팅에 속아 자녀들에게 컴퓨터를 장만해 준 학부모들은 그 성과가 가시적으로 드러나는 '전자대백과사전'에 열광했고, 대한민국의 교육 풍토에 힘입어 일산전자대백과사전은 불티나게 팔려 나갔다.

이는 동시에 삼광컴퓨터의 매출 증진으로까지 이어졌다.

그 뒤 전국의 초·중·고등학교 과제에 백과사전을 복

사·붙여넣기한 내용물이 무수하게 쏟아졌다는 소소한 부작용이 있긴 했으나 결과는 성공적이었다.

그 덕에 주가가 껑충 뛴 일산출판사 측은 더 큰 욕심을 냈고, SJ컴퍼니 측과 계약 파기를 바랐다.

또, 이후는 계획대로였다.

일산출판사는 제법 역사가 깊은 회사로 저작권 개념이 허술하던 시절, 해외 저작물의 해적판 서적을 유통·제작하며 덩치를 키웠다.

그러면서 어린이들이 읽기에 나쁘지 않은 서양 동화와 이솝우화, 탈무드 단편 등을 끌어모은 기획 전집을 세상에 내놓았는데, 이때 적잖은 재미를 보았다.

당시의 사장 및 경영진은 이 상황에서 시장의 흐름과 수요를 읽어 내 나름의 승부수를 띄웠는데, 그게 바로 자체적인 백과사전 전집 제작이었다.

제법 대대적인 프로젝트였고, 일산출판사는 주식을 발행하면서까지 돈을 긁어모아 80년대 초, 〈일산대백과사전〉 초판을 발행하기에 이른다.

'내가 보기엔 그조차도 여기저기에서 허락 없는 인용을 끌어온 것 같지만.'

어쨌건 결과는 성공적이었다.

일산대백과사전은 신문 및 잡지에 컬러 광고를 실을 수 있을 정도였고, 통신 방문판매 전략이 성공에 박차를 가하며 한번은 TV 광고까지 노리기도 했다.

성공에 고무된 일산출산사 측은 이후 꾸준히 백과사전의 재판을 찍어 내면서 나쁘지 않은 경영 수완을 보였다.

당시 자녀들에게 신경깨나 쓴다는 중산층 가정에는 백과사전 전질이 한 세트씩 책장에 박혀 있기 마련이었는데, 시류가 이렇다 보니 백과사전 사업은 불패의 학습지 시장처럼 굳건했다.

아니, 그런 것처럼 보였다.

일산출판사가 한 가지 간과한 것이 있다면, 그건 대한민국에 백과사전을 출판할 역량이 있는 회사가 일산출판사 한 곳뿐이 아니라는 것이다.

'당연한 이야기지.'

돈이 된다면, 끼어든다.

일산대백과사전의 성공을 지켜본 대형 후발 주자들이 따라붙기 시작하며 블루 오션으로 보이던 백과사전 시장은 이내 치열한 피바다가 되어 갔다.

그 와중, 사장이 은퇴하며 경영진이 교체되기 시작했다.

새로이 자리를 물려받은 신규 경영진은 명분과 실적을 보일 필요가 있는 상황.

신규 경영진이라고는 해도, 젊고 유능한 피를 수혈받았단 의미는 아니었다.

그 나물에 그 밥인 사내 정치 싸움과 숙청의 결과가 나타난 것에 불과했고, 그들은 유상훈 변호사의 말에 의하면 '유능해 보이진 않는' 이들이었다.

이 상황에 우리는 넌지시 일산출판사와 접촉했다.

일산출판사는 나름의 승부수를 던진 백과사전을 통해 성장했고, 그에 따른 자부심도 있었다.

그 자부심의 결과는 자만과 갑질로 이어지며, 보잘것없는 신생 회사—그것도 서적의 디지털화를 추진하는 허무맹랑한 기획을 가지고 온—와 계약에 불합리한 조건을 앞세우며 한편으론 입맛을 다셨다.

여기서 협상을 하고자 하면 할 수 있었을 것이다.

계약은 각자가 가장 큰 이득을 볼 수 있는 지점에서 하나씩 타협해 가는 과정이며, 협상이란 그 지점에서 출발한다.

만일 우리가 전자백과사전 계약 이행 당시 라이센스 조항에 몇 가지를 더 집어넣고, 계약 파기 시의 리스크와 이행 의무 기간, 또 관련한 특허를 들이밀었다면 모르겠으나.

'일부러 하지 않았지.'

당초 우리는 허술한 계약서를 쓰며 이렇다 할 독소 조항조차 넣지 않았고.

이는 이제 갓 사업체로 등록을 마친 스타트업 기업의 허술함처럼 보이기도 했다.

기업 세계란 약육강식의 법칙과 논리가 지배하는 바닥이었다.

개인의 선악 유무, 경영자의 마인드는 어디까지나 지침 사항일 뿐, 그들의 인격은 성장을 갈구하는 법인 인격에 휩쓸리기 일쑤.

그런 와중 고루하기 그지없는 데다 무능한 경영진을 채워 넣은 일산출판사는 회사라고 하는 괴물의 고삐를 제어할 능력이 되지 않았고, 한편으론 제대로 틀어쥐고 있으리란 확신에 차 있었다.

그런 괴물에게, 신생 기업인 SJ컴퍼니는 외부에 회사의 실적을 보이기 좋은 먹잇감이었으리라.

'지금은 제법 주목받는 곳이 되었으나, 그때만 하더라도 SJ컴퍼니가 뭐 하는 곳인지 도통 알려지지 않았으니.'

그 결과가 94년 당시 유상훈 변호사가 투덜거린 '불합리한 계약'으로 이어졌다.

'디지털 전환 작업을 고스란히 SJ컴퍼니에 맡겼을 뿐만 아니라 라이센스 비용으로 매출의 40%를 챙겨 갔지.'

더군다나 아날로그를 디지털화하는 작업은 별다른 기술이 필요 없는, 말 그대로 인력을 갈아 넣는 것으로, 그에 드는 인건비도 만만치 않다.

'뭐, 우리야 장학재단을 이용해 헐값이나 다름없는 가격으로 노가다를 마쳤지만.'

어쨌건 그들 입장에선 손 안 대고 코풀기. 이 '참신한 사업'이 실패로 끝나더라도 그들로선 손해 볼 것이 없으니, 날

강도도 이런 날강도가 없다.

게다가 일산전자대백과사전은 말 그대로 '대박'을 쳤고, 일산출판사로선 호박이 넝쿨째 굴러들어 왔을 뿐만 아니라 그 호박이 쌈으로 싸 먹기 좋은 호박잎까지 주렁주렁 달고 내려온 상황이었다.

이 상황에 컴퓨터 보급률과 CD-ROM 보급이 늘어날수록 성장 가능성도 동시에 덩달아 뛰는 판국이니, 미래 가치며 성장 잠재성도 충분했다.

그러나 여기서 SJ컴퍼니가 챙겨 가는 몫은 40%.

많다면 많은 비중이었다.

'더군다나 그 시대 기준으로도 개념이 참신하달 뿐, 언젠 간 나올 만한 물건이었던 데다가 그 제작에 전문적인 기술력 이 필요한 것도 아니지.'

기업 논리란 일견 냉정한 것처럼 보이면서도 한편으론 저 돌적인 어리석음을 동반한다.

전자사전의 성공에 고무된 일산출판사는 이 '보잘것없는 신생 회사'와 나눠 가지는 라이센스 비용조차 아깝게 느끼기 시작했고, 급기야는 계약 파기에 이른다.

이들은 '허술하게 작성된' 계약서를 들이밀었고, 우리는 울며 겨자 먹기로 순순히 따르는 척, 동시에 그 조건으로 삼 광전자의 채권을 다수 넘겨주었다.

'채권이란 게 참 묘하지. 이건 제무재표상으로 왠지 별거

아닌 것처럼 보이게끔 하는 마술을 부린다니까.'

다만, 이후는 앞선 역사의 흐름대로였다.

CD 몇 장으로 구성된 디지털 전자사전은 유통 효율 면에서 몇 십 Kg에 달하는 아날로그 서적과 비교조차 되지 않았고, 컴퓨터의 보급에 비례해 내놓기만 하면 팔리는 물건.

후발 주자들이 이를 좌시할 까닭이 없었고, 머지않아 타출판사의 '전자대백과사전'이 우후죽순 생겨나기 시작했다.

한편, 우리 없이도 해 볼 만하다 싶었을 일산출판사는 시작부터 난항에 부딪혔다.

일산전자대백과사전의 디지털 저작권은 SJ컴퍼니에 있었고, 그들은 처음부터 전자백과사전 제작에 들어가야 했다.

우리가 삼광장학재단을 이용한 편법으로 헐값에 제작해서 그렇지, 원래는 적잖은 시간과 인력, 예산이 드는 노가다 작업이다.

그러면서 우리는 시장에 일종의 '표준가격'을 만들었고, 인건비가 포함되기 시작한 원가율은 그들의 생각 이상으로 높았다.

'가만히 앉아서 라이센스 비용만 받아먹다 보니 감이 오질 않았겠지.'

이제, 팔아도 얼마 남지도 않더라는 계륵, 아니 계륵조차 아닌 빛 좋은 개살구가 되어 버린 전자백과사전은 그마저도 레드 오션의 아귀다툼.

그나마 컴퓨터의 보급률이 꾸준히 올라가며 시장 자체가 커진 덕에 호흡기는 달고 있는 상황이었으나, 수요에는 한계가 있기 마련이다.

그제야 일산출판사는 다소간 아차 싶었겠지만.

한편으론 그 상황에서도 발을 빼는 과감성을 보이지는 않았다.

'정확히 말하면 할 수 없었다……는 거지.'

기업 논리와 경영 성과는 바늘과 실의 관계였다.

이제 와서 발을 뺀다면, 부풀려진 경영 성과의 손실을 어디에서 메울 것인가.

그리고 그 책임은 누가 질 것인가.

달리는 기차에서 뛰어내리면 그 몸이 성하지 않을 것임에 분명하다.

사내 정치로 한자리씩 차지한 임원들은 누구 하나 솔선수범하지 않았고, 기차는 그 끝이 분명한 선로를 달려 나갔다.

그래도 아주 비관적인 상황은 아니었다.

일산출판사는 백과사전만 만들어 파는 회사도 아니었고, 레드 오션이긴 하나 이 아날로그 시대 끄트머리에서 출판 시장 전체가 나누는 파이는 작지 않았다.

'이때만 하더라도 사람들은 책을 많이 읽었어. 하긴, 문화 상품권 한 장으로 책을 사면 거스름돈을 받아 챙길 수도 있는 시절이기도 했고.'

그것도 이래저래 머지않았지만.

그리고 마침내, 우리가 일산에 떠넘긴 채권 만료 기간이 다가왔다는 것이 유상훈의 보고였다.

"자, 그러면."

유상훈 변호사가 히죽 웃으며 말을 이었다.

"이제 슬슬 일산출판사 측에 압력을 행사할 때로군요. 군자의 복수는 10년이 지나도 늦지 않는단 말이 있습니다만, 이거 참, 10년을 채우기도 전에 갑을 관계가 변했으니 참 재밌게 돌아갑니다. 하하핫."

어지간히도 그 당시 있었던 일을 마음에 담아 둔 모양이 군.

나는 차를 한 모금 마셔 목을 축였다.

"예, 지금 삼켜도 맛이 없진 않겠죠. 하지만 조금 더 뜸을 들이면 더 맛있는 요리가 될 겁니다."

"흐음……."

유상훈은 눈웃음을 지은 채 잠시 머리를 굴리더니 입꼬리를 비틀었다.

"뭐, 사장님 말씀대로 전자대백과사전 시장은 레드 오션이 된 지 오래죠. PC 보급률의 증가와 무관하게 시일이 지날수록 회사 가치가 하락하긴 할 겁니다."

그는 뒤이어 입맛을 다시더니 깍지 낀 손을 둥그스름한 배 위에 올렸다.

"제가 경영자는 아니다 보니 사장님처럼 아는 것이 많지는 않습니다만, 모름지기 사업이란 시간 싸움이라고 어디서 주워듣긴 했습니다."

유상훈이 눈웃음을 거두며 말을 이었다.

"만약 그들이 파산 신청에 들어가 채권을 휴지 조각으로 만들어도 저희로선 이미 채권을 떠넘겼으니 손해 보지 않는 장사이긴 하지만, 사장님께서도 그걸 바라시지는 않으실 테지요. 그러니 밥이 누룽지으로 변하기 전에 한 술 정도는 떠도 괜찮지 않겠습니까?"

나는 유상훈의 말에 빙긋 웃었다.

"금방입니다. 오래 걸리진 않아요."

"음."

다시금 생각에 잠겼던 유상훈은 눈을 동그랗게 떴다가, 웃음을 터뜨렸다.

"하하하, 알겠습니다! 저희에겐 일산대백과사전의 디지털 저작권이 있었죠. 그걸 이용하실 생각 아니십니까?"

"그렇습니다."

"크크크, 이거 참. 당시만 해도 그저 일산 쪽에 엿…… 아니, 골탕을 먹이는 정도라고 생각했습니다만."

유상훈은 초등학생 앞에서 무심결에 나온 비속어를 얼른 갈무리하며 히죽 웃었다.

"이 디지털 저작권을 가지고 물고 늘어지다 보면 일산 측은 어마뜨거라 하며 두 손 두 발을 들겠죠. 그걸 피해 보려 개정판이란 이름하에 조금씩 변형을 가하곤 있는 모양입니다만…… 법이라는 게 사람을 피폐하게 만들곤 하거든요."

모르긴 해도, 유상훈은 내 곁에서 적잖은 콩고물을 주워 먹었을 것이다.

그렇다고 해서 그가 내 몫을 착복했단 의미는 결코 아니다.

'나는 귀중한 정보의 원천이기도 하니까. 정보란 돈이 되거든.'

성수대교와 삼풍백화점의 붕괴. 신화식품이며 MS와 계약 체결 등의 정보는 어떻게 활용하는가에 따라 큰돈을 쥐여 주기도 하는 법이다.

유상훈은 이번에도 그 콩고물이 떨어지길 기대하는 눈치였다.

"또, 그들로선 이제 와서 일산보다 훨씬 덩치가 커진 SJ컴퍼니를 상대로 싸움을 하고 싶지도 않을 테니 말입니다. 이건 제 생각 이상의 큰 그림이었군요. 하하핫."

그런 유상훈에게 나는 고개를 저었다.

"아뇨, 소송전으로 끌고 가는 방식이 아닙니다."

"……예?"

"뭐, 유상훈 변호사님 말씀처럼 디지털 저작권을 사용하겠단 건 맞습니다만."

나는 소파에 등을 기댄 채 사장실 책상 위의 컴퓨터를 향해 고개를 까딱였다.

"저는 그걸 이용해 CD로 판매되는 백과사전이란 존재를 무용지물로 만들 거거든요."

"예? 어, 그러면 그건 대체⋯⋯."

황당하단 얼굴을 하고 있던 유상훈은 이윽고, 저도 모르게 자리에서 벌떡 일어섰다.

"설마, 인터넷에 모든 내용을 풀어내실 생각이십니까?"

제법인걸.

"⋯⋯그렇다면, 사장님께선 처음부터 인터넷을 염두에 두고 계셨던 거군요. 그렇게 된다면 다른 출판사 측에도 커다란 타격이 될 것이고, 나아가선⋯⋯."

일산출판사 인수 합병은 시작에 불과하다.

"네. 그다음은 변호사님이 생각하고 계신대로일 겁니다."

내 담담한 대답을 들은 유상훈은 손수건을 꺼내 번질번질해진 이마를 닦아 내더니, 투실투실한 볼살을 밀어내며 어색한 미소를 지었다.

"하하⋯⋯. 이건 저도 조금 소름이 돋는걸요. 사장님은 정말 굉장한 악당이셨군요."

"뭘요, 과찬이십니다."

94년 당시와는 상황이 많이 달라졌지.

나는 미소 띤 얼굴로 말을 이었다.

"그러면 일산출판사 쪽은 그들의 채권을 저희가 다시 사들이는 방식으로 마무리하도록 하죠."

"……알겠습니다."

"자, 그럼."

나는 깍지 낀 손을 무릎에 올렸다.

"나쁜 소식은 뭡니까?"

유상훈은 힐끗 주위를 둘러보더니 다시 고개를 돌려 나를 향했다.

"뭐, 나쁜 소식, 이라고 말씀은 드렸습니다만…… 이번엔 사장님께서 들으시기엔 조금 껄끄러운 이야기라고 해도 될 거 같군요."

유상훈은 재차 말을 이었다.

"예의 새마음 어쩌고 하는 곳과 관련된 이야기입니다."

"……새마음아동복지재단 말씀입니까?"

그가 이야기를 꺼내기에 앞서 주위를 둘러본 건, 무의식중에 요한의 집 출신인 전예은의 존재를 의식한 행동이었던 거란 걸 알게 되었다.

유상훈은 고개를 끄덕인 뒤 차를 후룩 한 모금 마셨다.

"정확히는 그 배후에 후원자로 있는 정화물산이란 회사죠."

정화물산은 대성성당을 끼고서 요한의 집에 후원을 이어오는 한편, 원생들 앞으로 향하는 복지 예산을 횡령하고 있었다.

"조사 전만 하더라도 단순히 양아치로만 알았는데, 생각
보다 뿌리가 깊었습니다."

"……뿌리가 깊다고요?"

유상훈은 웃음기 없는 얼굴로 내 말을 받았다.

"그것도 사장님께서 작년, 연말쯤 대규모 후원을 이끌어
내며 자금 유입이 부쩍 늘어난 덕에 꼬리가 드러난 이야기입
니다만, 정화물산이란 회사 자체가 참 기묘한 곳이더군요."

그러면서 유상훈은 가방에서 서류를 꺼내 탁자 위에 늘어
놓았다.

"정화물산의 영업이익은 해외 원자재를 국내에 유통하는
방식으로 이뤄지고 있었습니다. 뭐, 회사 규모야 중소기업으
로 분류될 만큼의 규모이긴 합니다만, 그렇다고 그게 아주
영세하단 의미는 아니거든요."

유상훈은 어깨를 으쓱였다.

"그래 봬도 상장을 마친 회사인 데다가, 말마따나 사비를
털어 가며 후원을 이어 갈 만한 회사이니 말이지요."

그는 여러 의미가 복합된 냉소 뒤에 말을 이었다.

"그런데 말입니다."

유상훈은 내게서 시선을 돌리더니 서류를 보았다.

"이 정도 규모의 회사가 유통업을 한다고 하면 으레 회사
재원으로 몇 대인가의 중·대형 화물 트럭을 보유하거나 해

야 하는데…….”

유상훈이 말을 이어 가며 서류의 어느 한 지점을 손가락으로 톡톡 두드렸다.

“여기엔 그런 재원의 흔적이 전혀 없어요. 뭐, 몇 대인가 소형 트럭은 있습니다만 이 회사의 영업이익을 고려해 짐작했을 때, 1톤가량의 화물 트럭만 가지곤 나올 수가 없는 이익 규모거든요.”

“……그건 다소간 억측 아닙니까? 화물 트럭을 회사가 소유하는 대신 외주를 맡기거나 외부 계약을 이행해도 될 일인데요.”

내 말에 유상훈은 머리를 긁적이더니 흠, 하고 한숨을 삼키며 팔짱을 꼈다.

“저도 처음엔 그렇게 생각해서 조사를 마칠까, 생각했습니다. 뭐, 언제나 일거리가 넘치는 바닥도 아니고 필요에 따라 외주를 줘 가며 경영하는 것이 당장 손해는 나지만 안정성 면에선 뛰어나니까요. 그런데.”

그가 나를 보며 히죽 웃었다.

“사장님을 뵙기 전의 저라면 여기서 보고를 마쳤겠지만, 사장님 덕에 이런저런 견문을 깨친 덕에 미묘한 부분을 잡아낼 수 있었습니다.”

“……계속하시죠.”

“예.”

그 은근한 금칠을 그는 스스로도 대수롭지 않게 내뱉으며 말을 이어 갔다.

"제가 사장님을 따라다니며 배운 바, 기업은 성장의 기회가 왔을 때 그 기회를 붙잡아야 하지 않겠습니까? 수익에 따른 투자를 늘리고, 그 투자금으로 설비를 갖춰 전체적인 영업이익을 늘리는 방향으로 말이죠."

"예, 일반적인 경우라면 그렇지요."

"그런데."

유상훈이 코를 씰룩였다.

"여기서 냄새가 나더군요. 어째서 정화물산은 성장의 발판이 있음에도 멈춰 서 있을까, 하고 말입니다. 그렇게 해서 살피니, 정화물산의 경영은 '무척이나 안정적'이더군요."

"......."

"그리고 정화물산은 어느 한곳과 집요하게, 그것도 그 바닥의 평균 시세와 다른 액수로 꾸준히 거래를 트고 있었습니다."

"......꾸준한 외주, 말씀입니까?"

유상훈이 고개를 끄덕였다.

"예, 그것도 기계적이리만치 규칙적으로 말이죠."

유상훈은 입맛을 다시며 소파에 등을 기댔다.

"말이 나와서 하는 거지만 이 정도로 안정적으로 일감이 이어진다고 할 때, 보통은 큰돈을 들여서라도 중형 트럭을 장만할 법하지 않겠습니까? 사장님의 지론대로 기업이란 꾸준히 성장하는 것을 목표의 한 축으로 삼아야 한다면 말이지만요."

"······."

"뭐 세제 혜택을 바라고 일부러 중소기업으로 남겠다면 일부러 확장하지 않는 것도 방침이긴 하겠습니다만, 암만 그래도 대기업으로 올라설 규모는 아니고요."

그쯤 하니 확실히, 유상훈의 말마따나 확증 편향을 배제하고도 냄새가 난다.

"그렇다면, '특정 회사'가 어느 곳인지는 알아내셨습니까?"

"뭐, 사실 국내에 컨테이너를 옮길 만한 대형 트럭을 보유한 용역 회사라고 하면 손에 꼽을 정도니까요. 거기서 연역했더니 후보를 특정하는 건 그렇게 어렵진 않았습니다."

유상훈은 서류를 뒤적여 아래에 깔린 한 장을 위로 끄집어냈다.

"이건 조금 어렵게 구한 서류입니다만, 정화물산이 '특정 회사'와 주기적으로 거래했단 내역입니다."

즉, 유상훈이 말하고자 하는 바는.

"······정화물산의 배후에 다른 무언가가 있다는 말씀입니까?"

"예, 아마도."

여간해선 근거 없는 억측을 삼가는 유상훈이었으나, 이번에는 그러질 않았다.

"어딥니까?"

그는 내 말에 곧장 대답하는 대신 잠시 뜸을 들였다가 답을 끄집어냈다.

"조광입니다."

"……."

하필이면, 조광인가.

나는 속에서 우러나오는 신물을 애써 삼켰다.

조광(朝光).

삼광이나 한대, 금일, 대호, 산경 등등 국내 굴지의 유수 대기업만큼은 아니나 그래도 자산 총액이 5조 원 이상인 곳으로, 대기업에 분류될 만한 곳이었다.

조광의 주력 사업은 해외 원자재며 의류 등의 수출입, 이를 유통 및 직매하는 것이지만, 이 시대 당시 여느 대기업들이 그러하듯 여기저기 문어발을 뻗어 두며 '돈 되는 일이라면 이것저것 해 보는' 회사이기도 했다.

그렇다고 삼광이며 금일 등이 발붙이고 있는 제조 기반의 기술 집약 사업에 손을 뻗치는 건 아니었고, 우리와 전면전을 피하는 선에서 무수한 자회사를 설립해 노동 집약적인 사업을 벌였다.

'말마따나 자본과 인력으로 밀어붙인단 느낌이지.'

개중엔 그들도 타 하청에 외주를 맡기거나 하는 경우도 있었는데, 정화물산은 그중 하나였다.

'조광이라……. 어지간하면 엮이고 싶지 않은 놈들인데.'

유상훈이 말을 이었다.

"정확히는 조광 그룹의 자회사 중 한 곳인 진승이란 곳과 거래를 트고 있었습니다."

진승이라고?

'진승이라고 하면 분명…….'

내가 움찔하는 사이 유상훈의 말이 이어졌다.

"또, 공교롭게도 그 진승의 조설훈 사장님께선 조광 일가의 피붙이더군요."

"……."

나는 입을 꾹 다문 채 소파에 등을 기댔다.

'조광과 진승이 배후에 있단 말을 들으며 혹시나 했지만, 역시나였군. 조설훈이 그 배후였던 건가.'

이쯤 하니 결론이 나왔다.

"정화물산은 조광의 조세 포털로 쓰이고 있었군요."

"예. 전형적인 일감 몰아주기 방식이죠."

유상훈은 그답지 않은 담담한 어조로 말을 이었다.

"그리고 정화물산은 그 실세가 달리 있는 모양입니다."

"실세?"

"예. 공교롭게도 몇 해 전, 정화물산의 전대 사장님께선 음주 운전이란 불미스러운 일로 유명을 달리하셨죠."

해당 내용은 전예은에게 들은 바 있었다.

"그 뒤를 차남인 정이수 씨가 물려받았는데, 주주총회를 통해 만장일치로 선출되었다고 합니다. 뭐, 그 자체론 그게 뭐 어떠랴 싶겠지만 정화물산의 지분 대다수는 진승 측이 쥐고 있거든요."

"⋯⋯."

"또 참으로 공교로운 이야기가 이어집니다만, 새마음아동복지재단의 이사장인 구봉팔 상무의 재직 이력을 살피니 조광의 또 다른 자회사인 광화상사였습니다."

즉, 정화물산의 차남인 정이수는 말 그대로 바지사장에 불과한, 꼭두각시란 정황이었다.

"저번에 대규모 후원금이 정화물산에 몰린 뒤, 진승 측과 뚝 하고 거래가 끊겼더군요. 그들로선 이번 일이 퍽 당황스러웠던 모양입니다."

정리하자면, 조광의 조세 포털로 쓰이고 있는 정화물산과 정화물산의 조세 포털로 쓰이는 새마음아동복지재단의 유착이 드러날까 싶어 몸을 사렸단 의미였다.

'스마트한 방식은 아니지만.'

하나둘, 퍼즐 조각이 맞아 떨어지기 시작했다.

'그건 구봉팔이 윗선의 명령 없이 따로 진행한 일이었겠군. 조설훈에게 따로 불려가서 조인트깨나 까였겠어.'

주인 몰래 딴 주머니를 차고 있는 부하란 응당 경질감이니까.

"여기서."

유상훈이 웃음기 없는 얼굴로 입을 뗐다.

"저로선 손을 떼는 게 어떨까 싶더군요."

"……."

"뭐, 똥이 더러워서 피하지, 무서워서 피하겠습니까."

유상훈이 애써 농담조로 말을 이었다.

"저희로선 어쨌건 어디까지나 조광의 집안 사정이니 남의 일이나 마찬가지죠. 그러니 구태여 긁어 부스럼 만들 필요는 없다는 게 제 개인적인 견해입니다. 일부러 바위를 들춰서 그 아래 벌레가 우글거리는 걸 볼 필요는 없지 않겠습니까?"

유상훈은 목이 타는지 미지근하게 식은 녹차를 단박에 들이켰다.

"공공연한 이야기지만, 마침 조광이라고 하면 마냥 좋은 소문이 들리는 곳도 아니고요."

유상훈이 에둘러 말한 견해엔 나 역시도, 일견 동의하는 바였다.

'대놓고 말은 않지만 전생에 이성진이 자랑하던 리볼버를 선물한 건, 다름 아닌 조설훈의 아들인 조세광이었으니까.'

그러다 보니 나는 조광 그룹의 조씨 일가와 이래저래 엮이는 일이 많았고, 이번 생의 나로선 상종하고 싶지 않은 부류이기도 했다.

'어쩌면 조광의 배후엔 야쿠자가 있을지도 모른단 의혹도 있고 말이야.'

조광이 성장한 건, 6.25전쟁을 전후한 때였다.

일본이 2차 대전의 패전국으로 전락한 뒤, 맥아더를 위시한 미국은 일본을 일종의 낙농·농업국가로 만들고자 했다.

마침 냉전의 전조가 첨예하던 시절.

당시 일본 제국의 식민지였던 여러 국가에 미국은 신탁통치를 감행했고, 미국 대통령이 행정권을 휘두르는 가운데 한국은 38선을 경계로 분단되었다.

그 당시, 일본 역시도 패전국으로서 냉전의 여파에 휘말리게 되었고, 그러다 보니 국수주의자며 공산주의자들 등 여러 정당으로 쪼개지며 혼란스러운 와중이었다.

그때 급성장한 것이 일본의 야쿠자란 조직으로, 그들은 당시 일본 보수파 정권과 유착하며 타 정당을 견제하는 것으로 단단히 자리를 잡기에 이른다.

그리고 머지않아, 우리에겐 비극이나 일본에겐 호재인 6.25전쟁이 터졌다.

일본은 6.25전쟁 당시 UN 연합군의 병참 기지이자 주둔 기지로 쓰이며 전쟁 특수를 노렸고, 그 결과 미군정의 방침을 철회시키며 재기에 성공할 수 있었다.

6.25전쟁은 1953년 휴전선이 그이는 것으로 일시 중단되

었으며, 전쟁 당시 일본에 있던 조광의 회장인 조성광이 한국으로 넘어온 것은 그즈음이었다.

조성광 회장이 해방을 전후해 일본에서 무엇을 하고 있었는지 아는 사람은 없으나.

그는 전쟁으로 피폐해진 남한 땅에 들어와 '어디서 났는지 모를 자본금'으로 물류 유통 사업을 벌였는데, 이때 만든 조광물산이 조광 그룹의 전신이었다.

'그래서 나온 이야기가 조광은 그때 당시 야쿠자의 한국 전진 기지 역할을 수행한 것이 아니냔 거였지.'

그러니 오늘날에 이르러 대기업으로 거듭난 조광과 그 미심쩍은 출신에 대해선 다들 대놓고 말을 하진 않았으나, 쉬쉬하며 말을 아끼는 동안 조광 야쿠자 연루설은 야사처럼 굳어졌다.

'그리고 나도 겪어 본 바, 야쿠자 운운은 집어치우더라도 그 집안 인간들은 최소한 배후에 조폭 정도는 연계되어 있고 말이야.'

조광이란, 그런 곳이었다.

나도 이쯤해서 손을 털자는 유상훈의 말에 동의를 표하며 고개를 끄덕이려는 찰나.

그 순간, 나는 불현듯 생각난 것에 멈칫했다.

'어라, 잠깐만.'

조광과 요한의 집을 엮어 생각하는 와중, 내 머릿속을 스치고 떠오른 얼굴은 이진영이었다.

'그렇게 따지면, 내게 온 인연의 타이밍도 참으로 공교로 운데.'

앞서 그는 내게, '요한의 집에서' 강이찬을 비롯한 승용차 를 선물한바 있었다.

운전수인 강이찬의 경우, 구태여 그럴 필요까지는 없음에 도 불구하고 전직 특수부대원 출신이라는 화려한 이력을 자 랑하고 있으며, 그가 선물한 독일제 세단은 고급스러움과 승 차감뿐만 아니라 안전 부문에서도 둘째가라면 서러울 브랜 드였다.

관련해 나는 이진영이 시시콜콜 참견하던 '안전' 문제를 배 려한 알선 정도라고 생각했으나.

'……이진영은 이미 요한의 집과 정화물산, 그리고 조광의 유착에 대해 알고 있었던 건가?'

암만 그 속내를 알기 힘든, 머리 회전이 빠른 이진영이라 고 하더라도, 유능한 변호사인 유상훈이 간신히 알아낸 사항 을 스스로 척척 알아냈을 리는 없다.

'즉, 이미 유착과 관련해 누군가에게 들었다……라는 의미 겠지.'

그리고 이진영의 '인맥'에는 조광의 조씨 일가가 포함되어 있었으리라.

아니, 이는 전생의 기억을 더듬어 대조해도 분명했다.

겉보기완 달리 그 만남에 급을 나누고 수준 차이를 의식하는 이진영이지만, 그 평가 기준에 인성은 포함하지 않는다.

더군다나 철두철미한 이진영이니, 요한의 집에 관해서도 나름의 조사를 마쳤을지 모른다.

'조광이라. 이것도 내겐 인연이라고 해야 할지, 아니면……'

악연이라고 해야 할까.

만일 그런 것이라면, 나로서도 담판을 지을 필요가 있는 일이었다.

'이번 생엔 어지간해선 엮이고 싶지 않았던 치들인데.'

물론 조광 쪽에서 이번 일을 가지고 내게 직접적인 해코지를 가하진 않을 것이다.

나는 삼광 그룹의 차기 후계자이며, 내가 경영하고 있는 SJ컴퍼니는 이제 그 누구도 '삼광의 버림패'로 취급하지 않는 수준에 이르러 있었으므로.

'달리 말하면, 내게 삼광 그룹의 후광이 없었다면 어떤 방식으로든 시비를 걸어왔을지도 모른단 의미지만.'

유상훈은 웃음기 없는 얼굴로 내 안색을 살폈다.

"사장님?"

"예?"

"아, 생각 중에 죄송합니다만."

유상훈은 진지한 얼굴로 입을 뗐다.

"이건 말씀을 드릴지 말지 생각한 내용인데…… 실은 그뿐만은 아니었습니다."

"그건 어떤 의미죠?"

그는 곧장 대답하는 대신 어조를 고쳐 달리 말을 이었다.

"새마음아동복지재단의 이사장을 겸하고 있는, 정화물산의 구봉팔 상무 건입니다만."

유상훈은 그렇게 운을 뗀 뒤, 전제를 이어 말했다.

"이것도 어디까지나 정황 근거에 기반을 둔 이야기임을 감안하고 들어 주십시오."

"예."

그는 입안을 다신 뒤 천천히 입을 뗐다.

"앞서 사장님께 요한의 집이 대성성당이며 새마음아동복지재단 등의 건립 일자에 앞서 이미 1975년도에 완공된 건물이었단 말씀을 드린 바 있었죠."

"음……. 예, 기억하고 있습니다."

유상훈은 탁자 위에 난립한 서류를 힐끗 쳐다보았다가 가방에서 미처 꺼내지 않은 서류 한 장을 외따로 꺼내 책상 위에 올려 두었다.

"개인적으로 조사한 내용입니다만 조광은 둘째 치더라도, 저는 이쪽도 조금 께름칙하더군요."

나는 유상훈이 꺼낸 서류를 보았다.

인감이 찍힌 정식 서류는 아니었고, 따로 인쇄된 별개의

A4 용지였다.

"혹시나 해서 알아보니, 구봉팔 상무는 요한의 집이 정화물산에서 설립한 '새마음아동복지재단'의 영향에 놓이기 전, 이미 그곳 출신이었습니다."

"……."

"소위, 고아원 출신이란 의미지요."

유상훈은 내 안색을 살피더니 조심스레 말을 이었다.

"사장님께서 태어나기도 전의 일이니 아마 잘 모르실 겁니다만…… 지금의 대한민국이 이럭저럭 복지 관련하여 좋은 정책을 펼치는 것과 달리. 당시만 하더라도 고아들에 대한 선입견이 있었거든요."

나도 모르는 바는 아니다.

나를 되바라진 재벌집 도련님 정도로 취급하고 있을 유상훈의 생각과 달리, 나는 '좋은 것, 예쁜 것'만 보고 자라지 않았다.

"사장님께서 교과서로 배우셨는지는 모르겠습니다만, 한창 이촌향도라는 말로 대변되는, 사람들이 서울로 모여들던 시절입니다. 사람이 많이 모이다 보면 이런저런 질 낮은 사람도 모이기 마련이죠."

유상훈은 떨떠름한 얼굴로 주저하더니 결심을 마친 듯 말을 이었다.

"개중엔 마냥 축복 속에서 태어나지 않은, 그런 아이들도 많았습니다."

초등학생 앞에서 꺼내긴 조심스러운 주제였으니, 그가 말하기 저어하던 것도 이해는 갔다.

"매춘 말씀인가요?"

"……뭐어."

내 노골적인 말에 유상훈이 그답지 않은 쓴웃음을 지었다.

이는 70년대 당시 〈영자의 전성시대〉로 대표되는, 그 시절의 고도성장기 아래 드리운 대한민국의 그림자였다.

일거리를 찾아 시골에서 올라온 순박한 처녀와 그런 처녀들의 등골을 빼먹던 사창가.

"당시엔 그……런 곳들이 제법 공공연하달 정도로 많았죠. 저도 소문만 들었을 뿐이지만요. 그 와중 허가받지 않은 고아원도 우후죽순 생겨났고…… 요한의 집은 그런 곳 중 하나였습니다."

제도화되지 않은 음지의 일은 더욱 더 짙은 그림자 속으로 숨어들어 갔다.

그런 곳이니만큼 제대로 된 관리가 이뤄졌을 리 만무했고.

유상훈은 언급하는 것조차 불쾌하단 듯 조용히 분을 삭이며 말을 이었다.

"그 당시는 이른바 복지의 사각지대로 불리는 곳에서, 아동 착취라 일컬을 만한 일이 버젓이 자행되던 시절입니다. 물론 모두가 그런 것은 아니었겠지만, 그 당시 요한의 집이 마냥 좋은 시설이라고는…… 저로서도 장담하기 어렵더군요."

유상훈의 말을 들으며, 나는 요한의 집으로 향하는 길목에 있던 도산한 공장들을 떠올렸다.

"그리고 정화물산의 구봉팔 상무는 그 당시의 요한의 집에 있었단 거군요."

"예. 그리고 정화물산은 지금은 공장을 정리하고 떠났습니다만, 그 당시 T동에 자리 잡고서 성냥 공장을 경영했습니다."

이렇다 할 전문 기술이 필요치 않은, 노동 집약 사업.

그리고 공교롭게도 멀지 않은 곳에 위치한 고아원.

먹여 주고 재워 주기만 하면 그만일 그 시절 복지 행태와 복지의 사각지대에서 자행되던 노동 착취의 관계 양상이 어느 방향으로 흘러갔을지는 불 보듯 뻔한 이야기였다.

유상훈은 그가 꺼낸 비공식적인 서류를 집어 들어 일부러 담담한 어조로 말을 이었다.

"구봉팔 상무는 절도 및 강도 폭행 건으로 소년원을 몇 차례 들락거렸더군요. 출소 후의 행적은 역시나 몇 차례의 폭행 전과로 이어졌고……."

유상훈이 서류를 내려놓으며 나를 바라보았다.

"그가 정화물산의 상무로 재적하기 전 광화상사에 들어간 것이 1986년, 조광이 광화상사를 정리하고 그가 정화물산의 상무로 취임한 것은 1990년 말."

그것과 구봉팔의 행적을 연관 짓는 것은 다소간 확증 편향이 없지 않으나.

1990년 말이라고 하면, 마침 정부 주도하에 '범죄와의 전쟁'이 선포되었을 즈음이다.

거기에 대대적인 조직범죄 단체 근절과 조광의 수상쩍은 계열사 정리, 그리고 이어진 번듯한 직함까지.

"그 외의 행적은 다소 오리무중이긴 합니다만, 이만하면 사장님께서도 정화물산의 구봉팔 상무가 어떤 됨됨이의 인물인지는 파악하셨으리라 봅니다."

"⋯⋯."

"공교로운 이야기지만 전대 정화물산의 사장님께서 음주 운전으로 돌아가신 것도 그가 정화물산의 상무로 들어선 이후고요."

나는 생각 중에 한마디 거들었다.

"거기엔 구봉팔 상무의 개인적인 복수가 포함되었단 겁니까?"

"당사자의 속내가 어떻는지는 저도 모르지요. 전대 사장님의 음주 운전 사망은 어디까지나 우연의 일치일 수도 있고 말입니다."

유상훈이 손을 저었다.

"다만, 저로서는 그가 정화물산 측과 완전한 타인은 아닐 거란 정황 근거만을 유추해 전달해 드릴 뿐입니다."

"……."

유상훈이 어깨를 으쓱였다.

"……뭐, 저는 어디까지나 노파심에 드리는 말씀입니다.
그야 사장님은 어딜 가셔도 귀빈으로 대접받으실 만한 분이
지만, 그렇다고 일부러 그들과 엮일 만한 일을 자처하실 필
요는 없다는 생각이거든요."

그는 직접적인 언급을 피하는 방향에서 조언을 던져 주었
다.

"그러니 이번에 사장님께서 Y구에 마련 예정인 복지재단
사업도 조금 더 상황을 살핀 뒤 추진하는 것이 어떨까 하는
게 제 개인적인 견해입니다."

"……."

유상훈은 노파심에 그런 말을 했겠지만, 이미 나로서는 그
사안에 발을 깊이 들이고 말았던 터.

'그래도 이미 엎질러진 물이니, 한 번쯤 만나긴 해야 할 거
야.'

이번 일은 조광 측에서도 우리의 의도를 알 수 없는 일이
었을 것이다.

'어디까지나 표면적으로는.'

해서, 나는 일단 고개를 끄덕였다.

"말씀은 잘 알겠습니다. 유상훈 변호사님께서는 이번 일
과 관련해서 손을 떼시죠."

"하하, 이거 왠지 위험한 일에 발을 들인 것 같단 착각이 들게끔 하는 말씀이군요."

'착각'이 아니라는 것쯤은 그도 나도 명백히 자각하고 있는 것이다만, 유상훈은 굳이 농담조로 내 말을 받았다.

"그럼 사장님의 분부대로 '저는' 이번 일에 관해선 손을 떼겠습니다. 사장님도 괜찮으시겠죠?"

그러면서 혹시나 나 혼자 이번 일에 덤벼들지나 않을까 의심하는 말을 했으나.

'호랑이를 잡으려면 호랑이 굴로 가랬겠다, 이제는 유상훈 선에서 마무리할 만한 이야기는 아니게 됐어.'

나는 미소 띤 얼굴로 고개를 끄덕였다.

"물론이죠. 똥이 무서워서 피하겠습니까."

그렇다곤 하나, 누군가는 이 똥을 치워야 한단 것도 분명했다.

'그것도 내 앞마당이라면 더더욱.'

이외에도 이런저런 일로 공사다망한 유상훈을 떠나보낸 뒤, 나는 사장실에 홀로 남아 생각을 정리하고 있었다.

'일산출판사 건은 예정대로 진행되고 있지만, 요한의 집 건은 변수로 가득한걸.'

설마하니 조광이 이번 일에 연루되어 있었을 줄은.

아니, 조광뿐만은 아니었다.

'구봉팔 상무라.'

물론 조광은 내게 섣불리 해코지하려 움직이지는 않을 것이다.

'조광이 나를 상대로 시비를 걸어 봐야 그들 입장에선 득될 것이 아무것도 없으니까.'

하지만 조광이 그렇다고 해서 그 휘하의 구봉팔 상무까지 그러하리란 생각을 낙관하기는 힘들다.

동시에 조인영이 했던 말도 생각났다.

「우리한텐 처음부터 아무것도 없었거든. 거기서 마이너스, 그러니까 아무리 무언갈 빼낸다고 하더라도 0 이하로는 떨어지지 않아. 음수로 떨어지지 않는 산술이지.」

비록 그 뉘앙스는 달랐으나, 구봉팔이라는 인물의 내적 행적 역시 크게 다르지는 않을지 모른다.

'잃을 게 없는 놈이 위험한 건 말 그대로 뭘 할지 모른단 의미야.'

내가 의아해하는 건, 요한의 집 출신인 그가 사실상 동창 후배나 다름없을 '요한의 집' 출신 원아들에게 돌아갈 자금을 착복한 심리적 요인이었다.

'어쩌면 단순한 횡령이 아닌, 그 나름의 후원 방식은 아니었을까?'

아니.

그와 관련해 내가 가진 조악한 단서만으로는 추정하기 어렵다.

아닌 말로, 어쨌건 그로서도 피붙이조차 아닌, 피차 남이나 다름없는 사이에 굳이 의리를 챙길 필요는 없을 테니까.

그즈음, 똑똑 하고 노크 소리가 들렸다.

"사장님, 전예은입니다. 조인영 씨와 동행했습니다만, 들어가도 되겠습니까?"

마침, 외근을 마친 전예은이 마찬가지로 요한의 집 출신인 조인영과 함께 나를 찾아왔다.

SBY의 팬 카페 제작과 관련해 최소정에게 일을 맡기기 전, 겸사겸사 동행한 것이겠지만.

'마침 잘됐어.'

나는 목소리를 가다듬은 뒤, 태연하게 문 너머로 대답했다.

"네, 들어오세요."

나는 조인영과 전예은을 사장실에 들였다.

'그러고 보니 업무 관련해서 둘을 한자리에 불러 모은 건 이번이 처음이군.'

전예은이 내 회사로 찾아와 면접을 보고 합격한 뒤, 비서 업무를 본 지도 이럭저럭 시간이 흘렀지만 조인영과 전예은이 회사 내에서 마주치는 일은 좀처럼 없었다.

그렇다고 둘의 사이가 데면데면했다거나 하는 건 결코 아니었다.

'아닌 척하곤 있지만 전예은의 입사를 그 누구보다도 반겼던 것이 조인영이었으니.'

예전 역삼동 임대 빌딩 시절이라면 모를까, 분당으로 사옥을 옮긴 뒤부턴 회사 내 임직원들이 한자리에 모이는 일 자체가 드물었다.

더군다나 빌딩 내부를 제집 안방처럼 들락거리곤 하던 공가희나 윤아름이라면 모르겠으나, 전예은은 여의도로 외근을 나가는 경우가 아니면 대부분의 시간을 사장실 옆의 비서실에서 보내곤 했으므로.

'공사 구분이 철저한 건지, 아니면 아직도 비교적 분방한 우리 사풍에 적응을 못 한 건지.'

나로서도 왠지, 전예은이 사내 휴게실에서 오락기를 가지고 노는 모습은 영 상상이 안 가긴 했다.

그렇다곤 하나, 이따금 구내식당에서 둘이 마주 앉아 식사를 함께하곤 하는 모습은 간간이 보였고, 조인영도 내게 전예은의 안부를 스치듯 묻곤 하며 제법 '오빠'다운 모습을 보여 주었다.

지금도.

"저, 그럼 차를 타 올게요."

전예은의 말에 별생각 없이 소파에 앉았던 조인영이 벌떡 일어섰다.

"도와줄까?"

"아니에요. 오빠는 가만히 있는 게 도와주는 거예요."

"서운한걸. 나도 믹스커피는 탈 줄 아는데?"

"뭘 그런 걸로 삐쳐요. 그리고 사장님은 커피 안 드시거든요."

전예은은 구김살 없이 웃으며 조인영에게 장난기 어린 말을 뱉었다.

이어서 그녀는 내게 꾸벅, 고개를 숙인 뒤 탕비실로 향했고.

조인영은 소파에 도로 털썩 앉으며 픽 웃었다.

"저런 건 예전이랑 다를 게 없네."

"요한의 집에서도 그랬나 보군요?"

"응, 저래 봬도 자기주장이 확고한 편이었으니까. 그래도 왠지, 거기 있을 때보단 좀 밝아진 것 같긴 해."

"그래요?"

"응, 걔가 또래에 비해 똑똑하긴 하지만, 솔직히 원체 얌전하던 애라서 사회생활을 잘할지는 나도 확신이 없었거든."

조인영은 머리를 긁적이곤 말을 이었다.

"그래도 뭐, 일단은 괜찮은 거 같아. 회사에도 잘 적응한 거 같고. 요한의 집에서도 별다른 말이 나오지 않던 애라서 잔심부름 정도는 잘할 거란 생각이었거든."

조인영이 자세를 고쳐 말을 이었다.

"그런데, 예은이한테 들으니까 하는 일이 잔심부름 정도 만 하는 수준이 아니더구만. 너, 예은이한테 뭔가 굵직한 일을 여럿 맡긴 모양이던데?"

"예, 그렇게 됐습니다. 비서 업무에 프로듀싱 업무도 겸하게 됐죠. 저도 예은 씨에게 기대하는 바가 크거든요."

"에이, 그렇다곤 해도……"

말하는 것으로 보니, 조인영은 전예은의 능력을 모르는 모양이었다.

'애당초 전예은이 내게 먼저 접근한 것이란 것도.'

조인영은 잠시 생각하다가 대수롭지 않은 양 어깨를 으쓱였다.

"……뭐, 비서 업무는 윤 실장님이 하실 거고, 엔터 쪽엔 희수 형님이 있으니 괜찮긴 하겠지만."

조인영은 떨떠름해하며 덧붙였다.

"그렇다고 예은이한테 공가희까지 챙기게 한 건 좀 지나치지 않냐? 그래도 아직 앤데, 일감을 너무 많이 안긴 거 같다만."

내가 보기엔 너도 아직 애다만.

나는 미소 띤 얼굴로 조인영의 말을 받았다.

"가희 누나의 경우는 예은 씨 스스로의 의지였습니다. 이번 1.5집 앨범 작업에 가희 누나가 꼭 필요하다고 해서요."

"거참. 뭐 어쨌건 공가희가 작곡 하난 기가 막히게 하지."

이래저래 공가희와 비슷한 또래이다 보니 업무상으로나 외적으로나 엮일 일이 많았던 조인영은 공가희를 떠올리는 것만으로도 넌더리가 난다는 양 고개를 홰홰 저었다.

"뭐, 어찌 보면 괜찮은 인편이기도 하고. 공가희 걔도 오죽 마이페이스냐."

말하는 모양이 조인영도 몇 번인가 공가희를 달래 보려 노력했던 듯했다.

"이래저래 여자애들끼리 통하는 부분도 있겠지. 게다가 예은이가 우는 애 달래는 건 제법 잘했거든."

그러면서 조인영은 픽 웃었는데, 그 스스로도 은연중 공가희를 '귀찮은 애' 취급했단 걸 자각했기 때문이리라.

그즈음해서, 전예은이 탕비실에서 다과를 차려 이쪽으로 왔다.

"드세요."

한 모금 마셔 보니 확실히, 내가 유상훈 변호사에게 타 준 티백 녹차보단 좋은 맛이 났다.

"오빠는 커피. 설탕 많이. 맞죠?"

"땡큐."

전예은이 조인영 곁에 앉자, 조인영은 자연스럽게 서류를 뒤적이며 업무 스위치를 켰다.

"그럼 업무 이야기를 시작해 보겠습니다."

조인영은 반말투를 격식체로 고치며 말을 이었다.

"사장님, 예은 씨에게 들으니 인터넷상에 SBY의 팬 카페라는 것을 만드신다고 들었습니다."

나는 고개를 끄덕였다.

"예. 그리고 사이트 내에서 음원 청취와 다운로드까지 가능하게끔 할 생각입니다."

"저도 거기까진 전해 들었습니다. 어, 음, 그리고 그 일에는 제가 아닌 다른 사람에게 외주를 맡기실 예정이라는 것도요."

그러면서 조인영은 서류를 뒤적였다.

"보고서를 살피니 최소정이라는 분이던데요."

조인영이 고개를 갸웃했다.

"어째, 왠지 낯설지는 않은 이름이긴 합니다만."

"아마 그럴 겁니다. 한컴의 박형석 대표이사님의 지인이시거든요. 또, 이래저래 저희가 해 온 일에 꾸준히 도움을 주던 분이고요."

"아아, 역시."

그제야 조인영은 납득했다는 듯 고개를 끄덕였다.

"그러면, 이분도 한국대학교 출신입니까?"

"예, 아직 졸업은 하지 않은 학부생이지만요."

조인영은 메모를 끼적이며 내 말을 받았다.

"그렇다면 인수인계에 문제는 없겠군요."

어째 우리와 엮인 한국대학교 컴공과에는 내로라할 괴물이 즐비해 있다 보니, 최소정에 관한 조인영의 기대치 역시 당연하다는 듯 높았다.

"다만, 사장님. 이번 일은 포털 사이트 내부에서 진행하는 프로젝트이다 보니, 삼광네트워크 측과 협업이 필요할 것 같아 보입니다만."

"예. 그 부분도 짚고 넘어가야죠. 대략적인 UI나 사이트 구조는 삼광네트워크에서 만든 초안을 참고해 진행할 예정입니다."

나는 전예은을 보며 말을 이었다.

"거기서 구조상 추가로 필요한 사항이 있다면 예은 씨가 도움을 주십시오."

"예, 알겠습니다. 관련해선 금일 외근 때 SJ엔터 측의 의견을 받아 온 것이 있으니 그것도 참고하도록 할게요. 정식 서류는 빠른 시일 내에 작성해 재가 후 배포하겠습니다."

전예은이 업무에 임하는 제법 체계적인 모습에 조인영은 의외라는 듯 그녀를 힐끗 살폈지만, 크게 내색하진 않는 얼굴로 입을 뗐다.

"팬 카페의 운영은 SJ엔터 쪽에서 맡게 됩니까?"

전예은이 조인영의 말을 받았다.

"큰 틀은 SJ엔터 쪽에서 운영의 책임을 맡는 것으로 생각하고 있습니다만, 전적으로 맡기기엔 SJ엔터의 부담이 클 것 같아요. 자잘한 사항은 외주를 맡겼으면 합니다."

"자잘한 사항?"

"네. 나중에 규모가 커지게 되면 악의적인 글을 쓰거나 유포하는 유저의 제재도 필요해질 거 같아서요. 또, 그 시작은 SBY의 팬 카페로서 출발하겠지만, 나중엔 이 카페의 개념이 동호회며 타 연예인의 팬 카페 경영까지 겸하게 될 거라고 생각하거든요."

벌써 거기까지 내다보고 있는 건가.

조인영도 내 생각과 마찬가지였는지, 감탄하는 기색을 감추지 않으며 고개를 끄덕였다.

"그러자면 팬 카페 운영이 기술적으로 어렵지 않아야 하겠군, 요. 이쪽에선 어디까지나 큰 틀만 제공하되, 운영 부문에선 외주를 맡기거나 유저들의 자발적인 경영이 가능하게끔……."

"예. 거기서……."

이번엔 굳이 내가 개입할 것도 없이, 전예은과 조인영 둘이서 개념과 틀을 잡아 가고 있었다.

'나로서는 업무 부담이 줄어드는 만큼, 바람직한 흐름이야.'

그렇게 회의가 진행되고, 회의가 마무리 단계에 이르자 조인영이 서류를 챙기며 나를 보았다.

"그럼, 팬 카페와 관련한 사항은 이 정도 선에서 마쳐도 되겠습니까? 이후는 타 부서의 협력이 필요할 것 같습니다만."

"네. 그렇게 하죠. 예은 씨는 금일 나온 회의안을 정리해서 제게 보내 주세요."

전예은이 고개를 끄덕였다.

"예, 알겠습니다."

그리고 업무가 끝났다고 생각하자마자, 조인영은 기지개를 켜더니 소파에 등을 기댔다.

"업무 끝! 이야, 그나저나 이거 참. 우리 예은이도 제법 일머리가 있는걸. 그냥 비서 관두고 내 밑으로 오는 건 어때?"

"네?"

"내가 잘 키워 줄게. 너도 굳이 이런 되바라진 초딩 밑에서 일할 필요는 없잖아?"

조인영의 말에 전예은은 당황하며 나를 보더니 눈을 깜빡이며 조인영을 보았다.

"무, 무슨 말씀이세요? 그리고 사장님께 반말을 하면 안 되잖아요."

그녀가 당황한 건, 그것도 '나와 관련해서' 능력이 발동하지 않는 탓에 그 허물없음을 전혀 몰랐단 의미일 것이다.

조인영은 전예은의 말을 대수롭지 않게 받아넘겼다.

"응? 업무 끝났으니까, 이젠 말 높일 필요 없잖아?"

조인영의 말을 들은 전예은은 어색한 미소를 지으며 나를 보았다.

"그런 건가요?"

어쩌다 보니 그렇게 됐다.

'뭐, 당장 윤아름만 하더라도 항상 반말이니까. 김민혁도 그렇고.'

조인영은 히죽 웃으면서 전예은을 보았다.

"그럼. 암만 사장님이라 하더라도 결국엔 초딩이잖아. 예은이 너도 해 봐. '어이, 이성진, 가서 차나 타 와' 하고. 어차피 네가 한참 연상인데?"

"……한참……까진 아니에요."

전예은이 미간을 살짝 찡그렸다.

"게다가 아무리 허물없는 사이라도 그래선 안 되죠. 그래도 저희가 상하 관계인 것은 변함없잖아요."

물론이다.

아마 그렇게 했다간, 모르긴 몰라도 인사고과에 좋지 않은 영향이 있을 거니까.

나는 어깨를 으쓱였다.

"괜찮습니다. 업무 외의 일이라면 저도 허물없이 임해 주는 편이 좋거든요. 창의성이란 수평적인 관계에서 비롯하는 법이라고 믿는 편이기도 하고요."

"……."

전예은은 잠시 생각하더니, 나를 향해 소리 없이 입을 몇 차례 옴싹였다가 양손으로 얼굴을 감쌌다.

"……못 하겠어요."

전예은이 우물쭈물하며 나를 보았다.

"아니면, 사장님께선 제가 업무 외적으론 반말을 하는 편이 더 좋으신가요?"

취향을 묻는 건가?

"상관하지 않습니다. 아니면 제가 먼저 예은 누나, 하고 불러 드릴까요?"

내 미소 띤 말에 전예은은 허둥지둥 손을 내저었다.

"아니에요, 그러지 마세요. 부탁드릴게요."

음, 하긴. 암만 내가 귀엽다지만, 방금 그건 내가 생각해도 좀 역했다.

"저어, 사장님. 괜찮으시다면 저는 평소처럼 해도 될까요?"

"좋으실 대로 하세요. 저도 강요는 안 합니다."

"……감사합니다."

그녀는 '휴우' 하고 안도의 한숨을 내쉬곤 진정하려는 양 차를 한 모금 마셨다.

"자, 그럼 업무는 일단락되었습니다만."

나는 차를 한 모금 마신 뒤, 둘을 보며 운을 뗐다.

"업무 외적으로 요한의 집과 관련해 여쭤볼 게 있는데, 괜찮겠습니까?"

조인영과 전예은은 서로를 물끄러미 쳐다보더니, 고개를 돌려 그 시선을 내게로 향했다.

조인영은 그다지 내키지 않는단 얼굴이긴 했으나, 그렇다고 화제를 피하진 않겠다는 듯 내 말을 받았다.

"요한의 집? 어떤 건데?"

"예. 새마음아동복지재단의 이사장과 관련해서요."

구봉팔 상무에 관해 캐 볼 때가 됐다.

조인영은 잠시 생각하다가 공연히 곁에 앉은 전예은을 의식하며 내 말을 받았다.

"혹시 구봉팔 이사장님 이야기냐?"

"네. 조만간 협의차 만나 뵙게 될지도 몰라서…… 개인적으로나마 어떤 분인지 대강 알아 두면 좋을 것 같거든요."

"뭐어."

조인영은 밑바닥을 드러낸 커피를 마저 후룩 한 모금 마셨다가 입을 뗐다.

"나도 자세히는 몰라. 다른 곳은 어떨지 모르지만, 우리 고아원에는 이사장님이 자주 찾아오고 그런 편이 아니었거든. 그나마 먼발치에서나마 몇 번 본 바로는…… 나쁘지 않아."

나쁘지 않다.

인물평에 관한 것치곤 모호한 내용이었다.

저번에도 들은 이야기이지만, 조인영은 요한의 집을 후원

하고 있던 새마음아동복지재단이며 대성성당 측에 악감정은
없었다.

'그들의 횡령 사실에 묘한 배신감 같은 것을 느끼긴 했을
지언정, 그렇다고 이들을 백안시하지도 않았어.'

그러니 요한의 집을 향한 후원과 복지 그 자체엔 별다른
문제가 없었단 것으로 해석 가능할지 모른다.

작년 말, 나도 직접 가 본 결과 요한의 집은 풍족하진 않더
라도 그런대로 화기애애했으므로.

조인영이 말을 이었다.

"아마, 나도 개인 후원자를 구하지 못했다면 먼저 퇴소한
형들처럼 구봉팔 이사장님 아래에 들어갔을지도 모르지."

하지만 뒤이은 그 말에 나는 묘한 느낌을 받았다.

"구봉팔 이사장님 아래에 들어간다고요?"

"응. 이거 참, 나도 말하고 보니 뉘앙스가 애매한데. 오해
의 여지가 있겠어."

조인영이 쓴웃음을 지었다.

"그렇다고 그분이 밑에 애들을 모아서 건달 짓을 한단 의
미는 아니고, 개인 후원자를 구하지 못한 퇴소 인원에게 이
래저래 합숙소며 일자리를 알아봐 준다거나 한다고 들었어."

그러면서 조인영은 전예은을 힐끗 쳐다보더니 은근슬쩍
바통을 넘겼다.

"여자애들은 어때?"

"네? 아, 언니들은 오빠들처럼 딱히 직접적으로 연관되는 일은 없지만, 일정 액수의 지원금을 주며 자립을 도와준다고 들었어요."

"하긴 여자애들은 숫자가 많질 않으니까."

조인영이 소파에 등을 기댔다.

"사실 요한의 집이 규모 면에서 그리 크지 않은 시설이다 보니, 딱히 이렇다 할 정도로 체계적이지는 않아. 더군다나 구봉팔 이사장님이 이사장직에 취임한 지도 오래되지는 않았고, 그러니 그⋯⋯."

그는 전예은 앞에서 '횡령'과 관련한 이야기를 꺼내도 될지 몰라 저어하다가 주제를 순화해서 에둘렀다.

"⋯⋯설령 금전적인 면에서 다소 허술한 부분이 있다곤 하더라도, 그 불편함은 인식을 못 했지. 아니, 정확히 말하자면 애당초 정상 기준이 뭔지도 모르는 것에 가깝지만."

"그러면 구봉팔 이사장님의 취임 전에는요?"

"그것도 내가 퇴소하기 몇 해 전의 일이니 잘은 모르지만⋯⋯. 그때는 네가 우려하는 일이 자행되고 있었던 것 같아."

나는 조인영의 이야기를 들으며 잠시 생각에 잠겼다.

'생각해 보면 애당초 횡령 액수는 그다지 크지 않아. 물론 탈세 목적의 운영이라고 하면 규모가 문제되는 것이 아니지만, 이것도 구봉팔이 마냥 양아치 짓을 일삼기만 하는 건 아

니란 의미로 받아들여도 되겠어.'

마찬가지로 요한의 집 출신이라던 구봉팔 상무의 이력을 떠올려 보면, 이는 그 나름대로 일말의 의리를 지키는 방식일지도 모른다.

더군다나 조인영의 말마따나, 그가 이사장으로 재직한 지는 이 시점을 기준으로도 그리 오래되지 않은 이야기였다.

그 인계 과정에 누군가의 죽음이 전제되어 있단 것이 마음에 걸리긴 했으나.

'만나 본 적은 없지만, 내 안에서 그에 관한 평가를 상향 조정해야 할까.'

고아원 애들을 모아 앵벌이를 시키는 시대도 아니고, 그가 정화물산의 상무를 겸하고 있다는 나름대로 번듯한 직함까지 겸하는 마당에 깡패 짓을 할 까닭도 없다.

'더욱이 유상훈 변호사에게 듣기론 정화물산의 실세나 다름없는 위치라고 했지.'

그때, 잠자코 있던 전예은이 입을 뗐다.

"이야기가 길어질 것 같다면, 차를 더 내올까요?"

그 말에 조인영은 의식적으로 시계를 힐끗 살피곤 고개를 저었다.

"아니야. 나도 곧장 다음 스케줄이 있거든. 사실 구봉팔 이사장님에 대해 내가 할 수 있는 말도 별로 없고."

전예은 앞에서 소속의 치부를 들춘다는 불편함과 말 그대로의 사실 때문인지, 조인영은 이번 이야기를 빨리 끝맺고 싶어 했다.

'조인영은 전예은이 관련한 사항을 그 생각 이상으로 꿰고 있다는 것도 모르는 모양이지. 아직도 그저 마냥 지켜 줘야 할 어린 동생쯤으로 여기는 거야.'

조인영이 나를 보았다.

"정 필요하다면 형들에게 물어봐 줄 수 있는데."

"아니에요. 그렇게까지 할 건 아니고, 저도 그분과는 업무상 잠시 만날 예정뿐이어서요. 많은 도움이 됐습니다."

"빈말하곤. 이 정도로 도움이 됐을 리가 없잖아? 아무튼."

조인영이 자리에서 일어섰다.

"나는 진짜로 일이 잔뜩 밀려 있으니까 이만 일어나 볼게."

"네, 형 바쁜 건 저도 잘 알죠."

"헤헹, 네가 할 말이냐? 그나저나 말이 나온 김에 하는 거지만 인력 수급은 어떻게, 가능한 거고?"

"조율 중입니다. 앞서 회의 때 나온 최소정 씨에게 외주를 맡기는 것도 그 일환이고요."

조인영은 어깨를 으쓱였다.

"하긴, 회사도 내가 여기 들어왔을 때보다 훨씬 커졌으니까. 어쨌건 이만 내려간다. 혹시 필요한 게 있으면 연락하고."

뒤이어 그는 전예은을 보았다.

"예은이 너도."

"네, 오빠. 또 봐요."

조인영이 사장실을 나서고, 전예은은 자연스럽게 다기를 정리하며 툭 하고 입을 뗐다.

"인영 오빠는 요한의 집과 관련한 치부를 불편해하고 있어요. 의리가 있는 사람이니까요. 그래서 여간해선 나쁜 이야기는 하지 않으려 하고요. 그러니 어느 정도는 걸러 들으셔야 할 거예요."

관련해선 내가 어림짐작한 내용과 얼추 맞아떨어졌다.

"그 모호한 태도는 아마 예은 씨를 배려한 행동이란 것도 있을 겁니다."

전예은은 다기를 받친 쟁반을 들며 내 말을 받았다.

"네, 맞아요. 인영 오빠는 저를 아직 어린애라고 생각하고 있으니까요. 뭐, 딱히 틀린 말은 아니지만요."

전예은이 쓴웃음을 지었다.

"반면 사장님에 대해선 최소한 동격 혹은 그 이상의 평가를 하고 있단 게 인영 오빠답죠. 첫 만남 때는 다소 티격태격했죠?"

"뭐, 썩 좋다곤 할 수 없었습니다만 그런 것까지 보이셨습니까?"

"사장님이 안 계신 자리에서 직접 들은 거예요. 저도 앉은 자리에서 모든 걸 알 만큼 만능은 아니거든요."

전예은은 희미한 미소를 지은 채 탕비실로 향했고, 나는 그 뒤를 따라붙었다.

전예은은 내가 왜 탕비실까지 따라오느냔 눈치로 내 존재를 의식하며 싱크대에 컵을 내렸다.

"혹여, 더 하실 말씀이라도 있으신가요?"

"예. 구봉팔 이사장과 관련해서요."

그녀는 그럴 줄 알았다는 한편, 조심스럽게 내 말을 받았다.

"사장님."

"예."

"혹시, 구봉팔 이사장님을 직접 만나 보실 생각인가요?"

"확정 요소는 아닙니다만, 그럴 가능성도 없지는 않죠."

그녀는 잠시 우두커니 서서 생각을 정리하더니 고개를 저었다.

"개인적으로, 추천드리지는 않아요."

"……."

"그분은 무리에서 떨어져 나온 이리 같은 분이거든요."

전예은은 특유의 두리뭉실한 은유로 구봉팔을 정의했다.

"구면입니까?"

"저도 먼발치에서나 한 번쯤 보았을 뿐이에요. 하지만 그때도 좋은 인상을 받지는 않았고요."

전예은이 말을 이었다.

"그런 부류는 주위에 적이 많고, 그 성격이 잔혹하죠. 잃을 것이 없단 생각으로 일직선을 향해 나아가지만, 그 끝에는 몰락이 예정되어 있어요. 본인을 파괴할 뿐만 아니라 그 여파가 주변 사람들을 휘말리게 하죠."

"……그건 구봉팔 이사장이 '개인적으로' 후원하고 있는 인물들에도 포함됩니까?"

전예은은 설거지를 하려다 말고 싱크대를 짚었다.

"의도는 목적에 의해 변질되기 마련이죠. 당장은 아닐지라도 궁지에 몰리면 상황이 바뀔 거예요. 그리고……."

전예은은 무어라 말을 이으려다가 혼란스러워하는 기색으로 고개를 저었다.

"죄송해요. 저도 그분이 무슨 목적으로 움직이는지는 잘 모르겠어요."

과연.

나는 싱크대에 기대어 서며 입을 뗐다.

"오늘 예은 씨가 부재중일 동안 몇 가지 알아낸 것이 있습니다만."

"네, 말씀하세요."

"구봉팔 상무는 아주 예전 요한의 집 출신이더군요."

내 말에 전예은은 입을 일자로 꾹 다물더니 고개를 끄덕였다.

"……저도 몰랐어요. 그분께 그런 사정이 있었군요."

말마따나, 그녀의 능력도 만능은 아니었다.

그 예측은 어느 정도 두루뭉술한 감이 있었고, 그녀는 그녀 안에서 떠오른 직감을 그녀가 가진 지성으로 유추해 재조합하는 방식을 띠고 있었다.

그러니 구봉팔을 향해서도 그가 '위험한 인물'임을 직감하고 의식적으로 거리를 두려는 모습을 보이지만, 그의 행동 원칙과 근거가 어디에서 기인한 것인지는 알지 못한 눈치였다.

"말씀을 듣고 보니 어느 정도 앞뒤가 맞아떨어지네요. 저는 그분이 요한의 집과 또 그분이 재직 중인 정화물산에 관해 모종의 애증을 갖고 있다는 것이 느껴졌거든요. 그 집착이 어디에서 기인했는지를 알고 나니 생각할 거리가 늘었어요."

"그 정보를 토대로 의사결정을 내린다면, 예은 씨는 관련해 어떻게 생각하십니까?"

전예은은 잠시 가만히 싱크대 안쪽 어귀를 물끄러미 쳐다보다가 천천히 입을 뗐다.

"서로 간에 오해가 없다면, 천천히 접근해 볼 만하다고 생각해요. 다만, 그럼에도 위험하지 않다는 의미는 아니에요. 만일 그분이 요한의 집 출신으로서 스스로 납득할 만한 방안이 제시된다고 하면, 이쪽의 제안, 그러니까 사장님께서 Y구에 설립하시고자 하는 자매결연에도 응할 것으로 보여요."

나는 고개를 끄덕였다.

'그 배후에 있는 조광이 어떤 식으로든 개입하지 않는다면

말이지만.'

하지만 전예은이라 하더라도 조광에 대해서는 알지 못할 것이다.

나는 생각 중에 떠오른 한 가지 의문을 꺼내 입에 담았다.

"혹시 정화물산 선대 사장의 죽음과 구봉팔 상무가 연관되어 있습니까?"

내 말을 들은 전예은은 움찔하더니, 이내 무표정한 얼굴로 담담히 답했다.

"결과적으론, 아니에요. 정화물산 사장님의 사망은 어디까지나 우연의 일치죠. 아니, 이를 우연이라고 할지…… . 제 생각에 음주 운전이라는 건 일종의 습관이거든요. 그러니 언제고 발생할 참사였단 것에 가깝죠."

"……음."

"하지만 그런 일이 없었다고 하더라도, 저로선 그분이 이대로 쭉 생존해 계셨으리란 생각은 들지 않아요."

제법 의미심장한 말이었다.

"알겠습니다. 참고하도록 하죠."

"네. 저, 도움이 되어 드리지 못한 것 같아서 죄송해요."

"아닙니다. 큰 도움이 됐어요."

전예은은 그 말이 스스로도 빈말임을 알고 있다는 양 어색한 웃음으로 화답했다.

"네, 혹시라도 나중에 생각이 정리되면 더 말씀드릴게요."

내가 탕비실을 나서자, 등 뒤로 쏴아, 하는 물소리가 들렸다.

'뭐, 전예은의 견해도 나와 크게 다르지는 않군.'

나는 어디까지나 돌다리를 두드려 보는 김에 사안을 재확인했을 뿐이었다.

'그렇다면, 어쨌건 서로 엮일 필요는 있다는 건가.'

하지만 그 방식이 직접적일 필요는 없다.

'호랑이 굴로 가야만 호랑이를 잡을 수 있는 건 아니니까.'

사장실로 돌아온 나는 전용 책상 앞 의자에 앉아 등을 기댔다.

슬슬, 이진영을 만나 볼 때였다.

'그 명분이며 계기는 머지않아 찾아올 테고.'

다만.

그 전에 밀린 일감을 처리해야 했다.

그로부터 며칠 뒤, 1차 편집이 완료되었던 박승환 전무의 연락을 받은 나는 시저스 2호점으로 향했다.

그사이 정식 오픈을 한 시저스 2호점 입구에는 각종 오픈 기념 화환이 즐비하게 남아 있었고, 개중엔 '주한 이탈리아 대사관'이라는 글씨도 보였다.

'이진영의 인맥인가.'

그 화환들은 이진영의 인맥을 자랑하듯 화려한 면모를 보이고 있었는데, 개중엔 보란 듯 '조광'의 것도 있었다.

'내게 대놓고 암시를 주는군.'

단순한 억측은 아닐 것이란 예감이 들었다.

한편, 가게는 웨이팅 인원이 있을 정도는 아니나 내가 생각했던 이상으로 북적거렸는데, 시저스 2호점을 방송으로 내보내기에 앞서 맺음이로 홍보했던 효과를 톡톡히 누리고 있는 듯했다.

"어서 오……. 어머, 사장님. 오셨어요?"

신은수는 분주하게 움직이는 와중 입구에 들어선 나를 반겼다.

"오늘도 혼자 오셨네요."

그녀의 말은 윤아름이 아닌 전예은을 찾는 뉘앙스였는데, 제법 의미심장한 발언이었다.

'의외로 감이 좋단 말이야.'

어쩌면 굳이 전예은의 능력에 비롯한 게 아니더라도 허상윤의 일방적인 연심은 조금만 감이 좋으면 눈치챌 만한 것이 아닐까.

'이진영도 알까, 몰라. 그 녀석이라면 왠지 알아도 신경 쓰지 않을 것 같지만.'

이번 전예은의 불참은 그녀가 SBY의 프로듀싱 건으로 바쁘단 것 외에도 가급적 그녀를 배제한 채 진행할 이야기도 있었던 까닭이지, 굳이 허상윤을 의식한 것은 아니었다.

'요한의 집과 관련한 이야기가 나오게 될지도 모르니.'

그래서 전예은도.

「혹시 상윤 씨 이야기라면 저는 괜찮은데요. 아, 그러니까 그런 건 처음 겪어 보는 것도 아니고, 어디까지나 업무를 우선해야 한단 의미에서요.」

하며 말을 전했음에도 불구하고, 나는 구태여 다른 연유를 들어 그녀의 동행을 막았더랬다.

'이진영과 따로 할 이야기가 있을지 모를 마당에, 굳이 경계를 살 필요는 없지.'

전예은이 이진영을 평한 것과 별개로 나 역시도 그에 관한 개인적인 견해를 쌓아 두고 있었다.

여담이지만 나는 전예은의 그 말에 '스스로 인기 있단 자각을 하고 사시는군요' 하고 농담을 던졌는데, 그녀로부터 '그런 말씀 하지 마세요' 하는 힐난 아닌 힐난을 들어야 했다.

어쨌건.

'뭐, 사춘기 소년 소녀들의 상열지사는 내가 신경 쓸 것이 아니기도 하고.'

나는 모른 척 신은수의 그 말을 받아넘겼다.

"예에, 뭐. 형들은요?"

"상윤이는 상품 정리하느라 창고에 있댔고, 진영이는 안쪽 회의실에 박승환 전무님과 함께 있어요."

"그랬군요. 저도 약속 시간보다 일찍 도착했는데."

그러면서 나는 홀 내부를 둘러보았다.

"그나저나 장사가 제법 잘되는 모양입니다."

신은수는 내 말에 웃었다.

"그죠? 하지만 상윤이 말로는 '아직은 오픈빨'이라고 해요. 물론 이 상황에서 방심해선 안 된단 의미겠지만, 방송이 나가기도 전에 이 정도면 기대해 볼 만하단 생각 중이에요."

"예. 주차 공간도 넓고, 또 상윤이 형한테 식당 회전율도 괜찮단 이야기를 들었거든요."

비록 시저스가 뷔페를 표방하곤 있으나, 주 메뉴이자 특화된 전문 메뉴가 탄수화물 덩어리인 피자이다 보니 고객들은 금세 포만감을 느끼고 얼른 자리를 비웠다.

신은수는 미소 띤 얼굴로 내 말에 고개를 끄덕였다.

"네, 시저스 본점과는 다르죠? 으음, 어쩌면 나중엔 매출도 본점보다 더 잘나오게 될지 모르겠어요."

나나 제니퍼의 입장에선 아무래도 가진 지분율이 높은 본점의 성공이 더 바람직하지만, 그렇다고 해서 2호점의 성공이 아니꼬울 까닭은 없다.

'게다가 2호점이 가진 문제점도 없진 않고.'

보이는 것과 달리, (허상윤의 고집과 프라이드 탓에)이탈리아 원재료를 수입해 만들어 내는 피자의 자체 마진은 무척 낮았다.

'그러니 2호점의 규모를 감안하더라도, 전체적인 매출 자체는 엇비슷하거나 본점이 더 높게 나올지도 몰라.'

총무인 신은수도 얼추 관련 사항은 눈치채고 있을 것이다.

'그렇기에 그녀 역시도 나중엔, 이라는 전제를 달았던 거겠지.'

하지만 굳이 내가 나서서 이 고무적인 상황에 초를 칠 까닭은 없었으므로 나는 짧게 고개를 끄덕였다.

"뭐, 본점이랑은 좌석이며 규모 면에서 이미 큰 차이가 있으니까요. 게다가 2호점만의 차별점을 보이기 위해 그만큼 준비도 많이 했고 말이죠."

"준비라…… 흐음, 뭐, 준비 기간으로만 따지면 저희 본점도 뒤처지진 않지만요."

그녀는 시저스 본점 개업 직전까지 있었던 여러 우여곡절을 떠올렸는지 언뜻 자조적으로 느껴지는 말을 뱉었다가 미소 띤 얼굴로 몸을 틀었다.

"그럼, 회의실에서 기다리고 계시면 상윤이한테 사장님이 도착하셨단 말을 미리 전할게요."

나는 미소 띤 얼굴로 고개를 저었다.

"아뇨, 은수 누나도 바쁘신 것 같은데, 상윤이 형은 제가 픽업해서 데려가겠습니다."

"그래 주시겠어요?"

"물론이죠."

"네. 고마워요, 사장님. 그럼 저는 먼저 실례하겠습니다."

나는 신은수와 작별한 뒤, 2호점 안쪽에 자리 잡고 있는 창고로 향했다.

허상윤은 냉장창고에서 품목을 대조하며 비교 중이었다.

"어, 왔어? 일찍 왔네."

"네, 형. 바쁘신가 봐요."

허상윤은 서류에서 눈을 떼며 팔짱을 꼈다.

"아니야, 그냥, 뭐."

동시에 내가 오늘도 혼자만 왔다는 것을 확인하는 모양이었으나, 관련해 내색하는 눈치를 보이지는 않으며 자연스레 말을 이었다.

"……시간이 애매하게 남아서 품목 대조 중이었지. 생각보다 재료 소진 속도가 빨라서."

"그랬군요. 잘됐어요."

"뭐, 네가 말한 맺음인가 뭔가 하는 덕을 봤거든."

허상윤은 내게 히죽 웃어 보였다.

"이거 참, 이럴 줄 알았다면 굳이 가게 홍보용 방송을 내보내지 않아도 될 뻔했어. 고생은 고생대로 하고 말이야."

허상윤은 그렇게 말하며 너스레를 떨었지만.

"그래도 고객층에 이탈리아인이 보증하는 정통 방식이라

는 정보는 중요하죠."

허상윤은 그 말에 픽 웃으며 내 어깨를 툭툭 두드렸다.

"알아, 나도. 우리는 어디까지나 '정통'을 표방하고 있다는 것이 중요하니까. 뭐, 그조차도 이탈리아인들에겐 다소 야매로 보이는 모양이지만. 정말이지, 그 사람들도 쓸데없이 기준이 높아."

그러면서 허상윤은 당시 촬영차 방문한 이탈리아인들의 평가를 떠올렸는지, 인상을 살짝 찌푸렸다.

"자국 문화의 프라이드가 높은 사람들은 이래서 껄끄럽다니까. 게다가 너도 남 이야기는 아닐 텐데?"

그러잖아도 나 또한 그들이 자사 카페 프랜차이즈의 '아메리카노'에 질색하더란 이야기는 전해 들었다.

"그래도 저희 에스프레소는 93점 정도의 점수는 받았거든요."

"……어쭈? 100점이 아니면 만족 못 하시는 모범생께서 고작 그 정도로 만족하는 거냐?"

나는 어깨를 으쓱였다.

"이탈리아인들의 자국 문화에 대한 프라이드값을 제외했으니, 그 정도 수치면 충분해요."

"아, 예. 어련하시겠어. 80점짜리는 찌그러져 있어야지."

그는 내 앞에서 대놓고 투덜거리긴 했지만, 싫은 기색은 아니었다.

허상윤이 농담조를 고쳐 표정을 조금 진지하게 바꿔 말을 이었다.

"뭐⋯⋯. 아무튼 그 덕에 장사는 이럭저럭 되고 있지만, 어차피 피자의 낮은 마진과 원가율을 감안하면 결과상의 매출은 엇비슷할지도 몰라."

허상윤은 그렇게 말하며 숙성 중인 피자 도우용 반죽 스테인리스 통 겉면을 손가락 관절로 통통 두드렸다.

"그나마 다른 메뉴에선 마진이 잘 나오곤 있지만, 정작 주력으로 생각한 피자가 이래서야⋯⋯ 이따금 이래서야 괜한 짓을 사서 했단 생각도 들고. 이건 취미가 아니라 비즈니스니까."

그는 2호점의 문제점을 일치감치 파악하고 있었다.

'오히려 매출은 피자가 아닌 뷔페 이용료와 서브 메뉴에서 더 높게 나오지. 보기완 달리 박리다매란 말씀이야.'

그나마도 흑자 전환은 이뤄 낼 수 있겠지만, 주력 메뉴인 피자만 놓고 본다면 오히려 팔수록 손해를 보는 구조였다.

'한편으론 그런 구조 탓에 유사 업체의 난립을 막을 수도 있겠으나, 저급품이 정통인 양 나서서 악화가 양화를 구축한단 것도 방지할 필요가 있어.'

그래서 필요한 것이 '방송'을 이용한 정보 전달이었다.

"장기적으로 생각해야지. 방송이 나가고 나면, 우리를 따라 한 업체가 생겨나게 될지도 모르니."

허상윤은 씩 웃으며 말을 이었다.

"또, 그렇게 된다면 네가 한자리 차지하고 있는 유통 브랜드인 S&S 쪽에서 수입을 맡아 줄 수도 있겠지?"

"……몇 년이 걸릴지는 모르겠지만요."

"냉정하긴. 됐어, 나도 그냥 해 본 소리야. 나도 마냥 낙관적인 성격은 아니거든."

"뭐어, 현재로서는 이탈리아 원재료의 수요 자체가 별로 없으니 말이에요."

"'현재로선'이 아니라, 앞으로도 그렇겠지. 사실, 어느 정도 선까지만 타협하면 그럭저럭 먹을 만한 것이 나오는 것도 사실이고."

허상윤은 자조적인 미소를 지었다.

"나로선 비싼 수업료를 치른 셈이야. 그렇다고 품질을 낮추겠단 소린 아니지만."

스스로 문제점을 파악했음에도 불구하고, 허상윤은 '타협'할 생각은 하지 않고 있었다.

'이건 식당 경영자로서 그가 가진 강점이기도 하지.'

생각난 김에, 나는 허상윤 곁에 놓인 스테인리스 통을 보며 한마디 거들었다.

"그렇다면, 차라리 피자는 한정 판매로 가면 어때요?"

"한정 판매?"

나는 고개를 끄덕였다.

"네, 어차피 실제로도 도우의 숙성에 걸리는 시간이 있으니, 사실상 지금으로서도 피자는 한정 판매에 가깝지 않나요?"

"으음."

2호점의 시그니처 메뉴이기도 한 피자를 한정 판매하자는 내 제안에 허상윤은 탐탁지 않아 하는 얼굴을 했다.

"아니. 나로선 차라리 마진을 줄이더라도 이대로 갈 생각이야."

"방금은 취미가 아닌 비즈니스라고 말씀하시지 않았나요?"

내 말에 허상윤은 어깨를 으쓱였다.

"그것도 내 나름의 비즈니스 철학이거든?"

"⋯⋯예?"

"물론 네 생각대로 도우를 줄여 한정 판매로 간다면, 피자 제작에 드는 가게 전체의 원가율을 대폭 낮출 수는 있겠지. 하지만."

허상윤이 말을 이었다.

"혹시라도 멀리서 우리 피자를 맛보러 왔다가 재료 소진이라는 이유로 고객를 돌려보내면, 그건 결과적으로 시저스의 브랜드 네임에 먹칠을 하는 꼴이 될 거야. 손님을 왕처럼 대접할 생각은 없지만, 그래도 멀리서 온 귀빈 정도로는 여겨야 하지 않겠어?"

역시 타협을 모르는 허상윤이라고 할까.

경영자로서 내 취향은 아니었고, 결과적으로는 어떨지 모르겠지만.

식당 경영에 관해선 역사가 증명하는 허상윤의 철학을 믿어 보기로 했다.

'허상윤이 나서서 브랜드 마케팅에 임해 준다니, 나로서는 손해 보는 것도 아니고.'

나는 미소 띤 얼굴로 대답했다.

"형 생각이 그렇다면 저도 군말은 않을게요."

"그래. 제안은 고맙지만 경영자로서 책임은 내가 지는 거니까."

허상윤은 픽 웃으며 내 어깨를 툭툭 두드렸다.

"그보단 슬슬 시간 됐겠다. 가자."

"네."

나는 허상윤과 함께 직원 휴게실 겸 회의실로 쓰이는 방으로 향했다.

"오셨습니까."

박승환 전무는 자리에 일어서며 내게 꾸벅 고개를 숙였고, 한창 VTR 기기를 만지작거리던 이진영이 몸을 일으켰다.

"왔어? 마침 연결이 끝났거든."

"네, 형. 죄송해요, 미리 와서 도와드려야 했는데……."

"아니야. 이런 건 가게 주인이 해야지. 너야말로 멀리서

오느라 수고했어."

그러면서 이진영이 박승환 전무를 보았다.

"박승환 전무님, 그럼 비디오를 주시겠어요?"

"네, 여기 있습니다."

박승환은 탁자에 놓여 있던 새하얀 케이스에서 비디오테잎을 집어 들었다.

'이게 1차 편집본인가.'

이는 어떤 의미에선 제작사로서 방송가에 발을 들이게 될, 내 첫 행보였다.

'뭐, 그렇다곤 해도 여기에 올인하는 건 아니지만.'

내가 준비 중인 건 이뿐만이 아니었다.

다음 권으로 이어집니다

꿈의 도약, 로크에서 하십시오
(주)로크미디어에서 신인 작가를 모십니다

즐거운 세상, 로크미디어는 꿈을 사랑하고 도전을 두려워하지 않는 작가 분들의 참신한 작품을 기다리고 있습니다. 21세기 장르 문학계를 이끌어 갈 차세대 선두 주자 (주)로크미디어에서 여러분의 나래를 활짝 펴 보시길 바랍니다.

모집 분야 판타지와 무협을 포함한 장르 문학
모집 대상 아마추어 작가, 인터넷 작가
모집 기한 수시 모집

작품 접수 시 유의 사항

1. 파일명은 작가명_작품명.hwp형식을 갖춰 주십시오.
1. 파일에 들어갈 내용은 다음과 같습니다.
   - 성명(필명인 경우 실명을 밝혀 주세요), 연락처, 이메일 주소
   - 제목, 기획 의도
   - A4용지 1장 분량의 등장인물 소개
   - A4용지 2장 분량의 전체 줄거리
   - 본문
1. 작품이 인터넷에 연재되고 있다면, 게시판명과 사이트의 구체적이고 정확한 주소를 기재해 주십시오.

선택된 작품은 정식 계약 후 출판물로 간행되어 전국 서점에 유통됩니다.
작가 분은 (주)로크미디어의 전폭적인 지원하에 전속 작가로 활동하시게 됩니다.
※ 자세한 내용은 로크미디어 홈페이지(rokmedia.com)를 참조하세요.

(03920)서울시 마포구 성암로 330 DMC첨단산업센터 3층 318호
(주)로크미디어 편집부 신간 기획 담당자 앞
전화 : 02) 3273-5135
www.rokmedia.com   이메일 : rokmedia@empas.com

가휼 판타지 장편소설

전능하신 영주님

「아저씨 식당」가휼 작가의 신작
이보다 더 완벽한 지도자는 없었다!

하루하루가 벅찬 인턴, 유성
별똥별을 보며 기도 한번 했더니
바르테온령의 적장자로 깨어나다!

귓가에 울리는 시스템 메시지
선대의 안배로 한 방에 소드 마스터?!

썩어 빠진 행정부 숙청부터
오랜 숙적과의 피 튀기는 전쟁에
드워프와의 역사적인 교역까지……

상상하는 모든 것을 이루어 주는
전능하신 영주님이 등장했다!

암살자였던 구주

김기세 판타지 장편소설

죽음의 신에 의해 세상이 어지러울 때
암살자가 소리 없이 다가와 구원하리라!

가족을 잃고 왕국 변방에서 평범하게 살아가던
전설의 특급 살수 가브

동생이 생존해 있음을 알고 찾으러 떠나지만
그의 앞에 펼쳐진 것은
누구든 구울이 되어 버리는 흑마법의 세상!

세상을 집어삼키는 것이 마신의 계획임을 깨달은 가브는
대항할 힘을 갖추기 위해 나라를 세우고
군주의 길을 걷기로 결심하는데……!

군주가 된 암살자는 신도 살해한다!
마음 한편이 서늘해질 다크 판타지가 시작된다!